KB195455

이혼, 다시 쓰다

이혼, 다시 쓰다

가족 관계의 새로운 시작

이경진 지음

P. 프로방스

프롤로그

　아침에 일어나 달팽이의 안부를 챙긴다. 둘째 아이가 시부모님 밭에서 데려온 달팽이들이 밤새 잠은 잘 잤는지 확인한다. 어쩐지 달팽이가 나인 듯 자꾸만 쳐다보게 된다. 느릿느릿해 보이는 것이 달팽이의 매력인 듯 계속 쳐다보게 되었다. 달팽이들이 꼭 나 같다는 생각이 들어 애착이 갔다. 달팽이가 있는 네모난 통 안이 내가 사는 집이자 주변 환경인 듯 느껴졌다. 같은 자리를 맴돌며 사는 것 같아 달팽이의 진짜 마음도 그런 것은 아닐까 궁금했다. 변화하고 싶고 벗어나고도 싶지만, 장애물을 돌파하지 못하는 나를 보며 이대로 괜찮은 거냐고 내 마음에게 질문을 퍼부었다. 글을 쓰고 책을 내겠다고 선전포고하고 이제부터 글 쓰는 나를 방해하지 말아달라고 온 세상에 외치고도 싶었다. 하지만 숨죽인 나의 외침은 내 마음속에 메아리가 되어 돌아올 뿐이었다. 조금은 느려도 매일 조금씩 달팽이처럼 나아가보라고 마음이 내게 속삭였다.

글쓰기 전과 후, 나의 마음가짐은 조금씩 변화했다. 남편과의 갈등 앞에서 도망가자 도망가자 마음속으로 외치던 날들에서 '엄마'라는 이름으로 버텨내게 되었다. 내 마음을 왜 이해하지 못하고 받아주지 못하냐고 울며 말하던 나에서 남편이 자신의 마음을 정리해 낼 때까지 기다려주는 내가 되었다. 내 마음을 정확하게 아는 사람은 나 자신이기에 나를 믿어야 했다. 나 자신뿐만 아니라 아이들을 지켜내야 하는 엄마이기 때문에 흔들리지 않도록 마음에 중심을 가지려 애썼다. 다른 사람의 말에 쉽게 흔들리고 따라가던 나였기 때문에 자신의 결정을 믿고 나아가려 했다. 무작정 글을 쓸 때와 달리 책 쓰기라는 하나의 목표가 생기니 마음이 힘들고 괴로워도 나 자신과의 약속을 지키기 위해 마음을 다잡아야 했다.

글쓰기와 함께 칼융의 이론에 근거한 MBTI라는 도구로 '나'를 이해하고 알아갔다. 부모님과 남편에 대해서도 고개가 끄덕여지는 점이 있었다. 그리고 내면 아이를 만나 인정하고 받아들이고 나니 남편 마음속 내면 아이가 눈에 들어왔다. 그 아이가 무엇 때문에 힘들어하는지, 어떤 사연으로 인해 지금까지도 마음속에 담아두고 있는지 궁금해졌다. 남편 마음속 내면 아이를 떠올려 보니 지금의 모습을 이해할 수 있었다. 남편 또한 자신을 알고 이해하면 서로를 인정하는 데 도움이 되리라 생각한다. 남편 스스로 자신을 알아가는 동안 기다려줘야겠다고 마음먹게 됐다. 포기하지 않기 위해서는 마음이 단단해야 함을 느낀다. '나'라는 존재가 뿌리 깊은 나무처럼 흔들리지 않기를 바랄 뿐이다.

글쓰기는 나를 변화시키는 도구이면서 내 마음의 환경을 가꾸는 일이다. 어떤 순간에 어떤 욕구와 감정을 가지는지 알아차리게 해준다. 성찰의 도구로서 좀 더 나은 내가 되도록 이끌어 주고 있다. 글쓰기를 하며 욕구를 스스로 채워나가게 되었다. 나를 바로 보지 못하고 회피하기만 했던 지난날과 달리 나를 정면으로 바라보기 시작했다. 장점이든 단점이든 나의 특성을 알고 인정하니 무엇을 보완하고 강점으로 내세울 수 있는지 알게 되었다. 엄마이자 아내인 중심에 있는 '나', '나'를 돌아보고 '나'에 대해 궁금해하다 보니 파도를 타던 감정들이 잔잔한 호수가 되었다. 어떻게 그렇게 되었는지 궁금해하시는 분들에게 이 책을 통해서 가만가만 말씀드리려고 한다.

이 책은 모두 5장으로 구성되어 있다. 1장에서는 아이를 키우며 꼼짝할 수 없는 현실에서의 갈등 상황을 마주했다. 성장하고 싶은 엄마로서의 욕구와 함께, 있는 그대로의 나와 마주했다. 2장에서는 남편과 나의 이야기를 담았다. 이혼까지 생각했던 남편의 성향을 알고 남편과 어떻게 소통해야 하는지 남편과 나를 관찰하였다. 우리 부부 안에 있는 내면 아이도 바라보게 되었다. 그 과정에서 MBTI 분석도 하나의 방법이 되었다. 남편과 나에 대한 이야기를 쓰며 다름을 행복으로 만들어 나가는 과정이자 여정이 되었다. 3장은 늘 가까이 있기는 했지만, 왠지 멀게만 느껴졌던 가족이 어떻게 내 마음속에 들어오게 되었는지에 대한 이야기이다. 부모님을 객관화해서 관찰하는 것은 나의 성장 과정에서 내면 아이를 바라보는 계기도 되었다. 4장에서는 서로의 다름을 이해하는 과정을 어떻게 글로 담게 되었는지, 그 과정에 대해 다룬다. 어떤 계기로 글쓰기를 시작했고 일상에서 어떤 방법으로 글을 쓸 수 있는지 구체적으로 적어 보았다. 변화를 꿈꾸던 내게 선물같이 다가온 글쓰기이다. 5장에서는 나답게 사는 것이 무엇인지, 어떻게 살게 되었는지 정리해 보았다. 글쓰기로 나다운 삶을 살아가는 저자의 이야기이다.

아이들에게 책 읽고 글 쓰는 엄마로서의 모습을 보여줄 수 있어 보람을 느낀다. 각자 자신이 해야 할 일을 하면서 함께 성장하고 있는 듯하다. 눈이 오든 비가 오든 해가 비치든 하나의 목표를 가지고 꾸준히 글을 쓰다 보니 아이들도 자신의 자리에서 최선을 다하고 있다. 글쓰기를 통해 내면의 목소리에 집중하다 보니 자연스럽게 자녀들에 대한 기대로부터 한 발짝 물러서 있는 나를 보게 되었다. 더불어 남편과의 갈등에서도 한걸음 물러나 관찰자의 시선으로 바라볼 수 있었다. 나의 욕구와 감정을 남편과 자녀를 통해 해소하지 않고 자신의 힘으로 나를 보살피고자 한다. 그것이 함께 성장하는 길이라 믿는다.

이 책은 엄마와 아내라는 역할과 '나' 사이에서 갈팡질팡하며 혼란스러워하던 내가 나를 찾아가는 이야기이다. 남편과의 갈등에서 마음이 흔들릴 때마다 부모를 찾아가는 어린아이와 같던 내가 스스로에게 독립을 선포하고 단단한 마음을 갖기 위해 고군분투하는 마음 성장기이다. 직접 경험하고 느낀 것들을 솔직하게 담았다. 자신의 선택과 결정에 후회하지 않고 삶에 책임을 다하며 살아가겠다는 다짐이기도 하다. 책을 쓰면서 여러 갈등 상황에 놓이며 우왕좌왕하기도 했지만, 끝까지 마음의 독립에 대한 결심을 포기하지 않으려 애썼다. 부디 자신을 믿지 못하고 가족 안에서 마음의 외줄타기를 하는 엄마들에게 울림이 되어 함께 나아가고자 하는 바람으로 나의 이야기를 건네본다. 나의 이야기를 하면서 좀 더 다른 관점으로 나 자신과 세상을 보게 되었다.

책을 내며 가족들에게 감사의 마음을 전한다.
현실적이면서도 꼼꼼한 남편에게 첫 번째로 감사 인사를 전한다. 결혼 후 얼마 되지 않아 신혼집에서 그리 멀지 않은 곳에 있던 서울예대의 문예창작과에 가겠다고 하는 날 반대하지 않고, 입시 준비를 위해 글쓰기 과외까지 시켜준 덕분에 지금 내가 글을 쓸 수 있었다고 말하고 싶다. 비록 입학시험에서 떨어졌지만, 만약 남편이 반대했었더라면 글을 쓸 용기조차 갖지 못했을 것이다. 과외를 받으며 처음으로 써본 소설의 첫 문장을 기억한다. 남편은 첫 문장을 아직도 기억하고 놀려댄다. '나는 빛을 보았다.' 남편의 놀림감이었던 문장이지만 앞으로 남편과 나의 앞길에 환한 빛만이 비추기를 기도한다. 그리고 남편을 낳아주시고 사랑으로 길러주신 시부모님께 감사하다 말씀드리고 싶다. 남편과 나의 사이를 걱정해 주시고 잘 살 수 있도록 지원해 주시는 시어머니와 묵묵히 지켜봐 주시는 시아버지께 감사드린다.

글을 쓰는 나를 언제나 응원해 주시는 부모님께 진심으로 감사드린다. 끝까지 나를 믿어주고 응원해 주신 덕분에 책을 낼 수 있었다고 전하고 싶다. 엄마가 나를 이토록 응원하는 이유는 엄마도 나도 엄마이기 때문인 것 같다. 빠듯한 살림에 공부하고 육아, 살림과 함께하는 나를 이해하지 못하는 남편을 위해 엄마가 하신 말이 생각난다.

"나는 아이들 키우면서 나에게 투자하지 못한 것을 후회해. 어렸을 적 꿈이 무용가였는데 엄마의 반대로 무용을 배워보지 못했어. 아이들 키우면서 배웠더라면 아이들 다 크고 나서 무용을 가르치고 있었을 거야."

나를 좋아하지 않는다고 생각했던 엄마였는데, 다 커서 결혼까지 한 딸을 물심양면으로 도와주시는 것을 보고 엄마가 나를 많이 생각하고 아껴주신다는 것을 느낄 수 있었다. 이제는 엄마의 꿈을 이뤄드릴 수 있는 딸이 되고 싶다.

언제나 나를 걱정해 주시고 믿어주시는 아빠께 감사의 마음을 전한다. 부모님을 통해 세상에 빛을 보고 성장해 나가면서 말로는 다 하지 못할 부모님을 향한 감사함과 사랑이 있었다는 것을 말씀드리고 싶다.

"이제는 눈물이 아닌 웃음을 드리는 딸이 될게요, 아빠 엄마 사랑해요."

가끔 "글은 잘 쓰고 있어?"라고 물어봐 주는 언니에게도 감사한 마음을 전한다. 생일 때 용돈 챙겨주고 때마다 아이들 옷을 사주며 마음 써주는 언니인데, 고맙다고 제대로 말해주지 못해 미안하다. 가끔 안부를 물어봐 주고 내 이야기를 잘 들어주어서 고맙다. 동생인 나를 생각해 주고 챙겨주어서 든든하다. 이제는 언니에게 고맙다고 표현도 잘하고 많은 대화도 나눌 수 있기를 바란다. "언니가 있어 든든해. 항상 고마워"

세 딸에게 감사의 마음을 전한다. 글 쓰는 엄마를 자랑하고 다니는 첫째와 늘 엄마의 사랑을 받고 싶어 하는 둘째, 그리고 마냥 귀여운 셋째에게 사랑의 말로 내 마음을 전해본다.

"엄마에게 태어나줘서 고마워. 언제든 주춤하거나 주저하지 않고 엄마에게 손을 내밀면 그 손을 따뜻하게 잡아줄 수 있는 엄마가 될게. 함께 성장해 나가는 엄마로 곁에서 든든히 지켜주는 버팀목이 되어줄게. 위로와 따뜻한 품이 그리울 때면 찾아갈 곳이 있으니 안도하고 안심할 수 있기를 바란다. 이렇게 지켜봐 주고 지지해 주는 엄마가 있으니까 어떤 힘든 상황 속에서도 힘을 낼 수 있었으면 해. 어려움을 이겨낼 단단한 마음을 가질 수 있기를 진심으로 바란다. 엄마는 언제나 너희들을 응원하고 사랑한다!"

그리고 끝까지 믿고 책 쓰기 코칭을 해주신 '나도 작가다' 책 쓰기 교육원 이주연 대표님께 감사의 인사를 전한다. 책 쓰기를 통해 또 한 번의 성장을 할 수 있도록 이끌어 주심에 감사드린다.

끝으로 이 책을 읽어주시는 독자분들께 우리가 서로 연결되어 있음에 깊은 감사를 보낸다.

contents

제 2 장

서로 사랑하는 줄 알았던 우리

제 3 장

사랑하기 시작한 우리

제 4 장

사랑, 글쓰기로 시작하는 10가지 방법

제 5 장

나를 사랑하게 된다는 것

제 1 장

이혼과 사랑 사이

나도 성장하고 싶은데

하루의 시작과 끝, 핸드폰 친구와 함께인 첫째. 오늘도 역시나 일어나자마자 핸드폰을 가지고 나와 거실 매트 위에 엎드려 핸드폰을 본다.

"밥 먹어."
"안 먹어."
"왜 안 먹어."
"배 안 고파."
"몇 숟갈이라도 먹어야 수업 시간에 집중하지."
"알았어."

어기적거리며 식탁 앞에 앉은 첫째는 무표정한 얼굴이다. 밥 먹으라고 하니 진짜 밥만 먹는다. 밥을 먹고 일어난 아이는 가방을 메려고 보니 동생이 자신의 물병을 꺼내 마시자 화가 나 물병도 챙기지 않고 쌩하고 나가버렸다. 가방을 한쪽 어깨에 대충 둘러메고 신발을 구겨 신는 아이가 마음에 들지 않았다. 인사도 없이 나가버리는 아이를 보고 아이가 왜 저럴까 놀라기도 하고 속상하기도 했다. 좀 더 내 감정을 들여다보니 아이가 괘씸한 마음도 느껴졌다. 짜증을 내며 나가는 아이를 보니 내 감정이 앞서 나도 모르게 현관문 앞에서 아이에게 들리도록 오늘 사주기로 한 음료는 취소라고 목소리를 높이고 있는 나를 발견하게 되었다.

"안 먹어!"
"너 자꾸 그러면 너한테 아무 지원도 안 할 거야!"

나는 마음에도 없는 소리를 내뱉었다. 아이가 화를 낼 때 아이를 가만히 지켜보고 싶은데 같이 화를 내니 나, 참 철없는 엄마다라는 자책이 들면서 다시 화가 난 이유를 돌아보았다. 밥을 제대로 먹지 않아서, 동생이 입을 댄 물병을 보고 화를 내서도 아니다. 갑자기 화를 내거나 짜증을 내는 아이를 보며 낯설게 느껴졌기 때문이다. 한 해가 다르게 몸이 자라나고 다른 얼굴을 보여주는 아이를 보면 매번 새로운 아이와 만나는 것 같다. 핸드폰만 하려 하고 나에게 말하지 않는 것을 친구들과 나누는 아이를 보면 더 이상 아이에게 가깝게 다가갈 수 없다는 생각에 상실감이 느껴졌다. 아이와 적당히 거리를 두어야 하는 것은 알지만 아이를 떠나보내는 것 같은 느낌이 들어 마음이 아팠다. 슬프지만 나는 유아 시절의 오밀조밀하고 귀여웠던 아이를 보내주어야 했다. 만약 아이에게 화를 내지 않고 '동생이 가방에서 물병을 꺼내 입을 대니 화가 났구나. 다시 씻어줄까?'라고 말을 했다면 어땠을까?

같은 시각. 주말에 할머니 밭에 있던 달팽이를 데려온 둘째는 달팽이 집 안에서 달팽이를 꺼내 손바닥에 얹는다. 마치 귀여운 강아지를 보듯 사랑스러운 눈빛으로 바라본다. 몇 날 며칠을 달팽이 키우고 싶다고 노래를 부르던 아이는 10마리 이상의 작은 달팽이들을 애지중지 살핀다. 금붕어를 키우던 통 안에 할머니 밭에서 가져온 흙을 깔고 풀을 덮어 달팽이 집을 꾸몄다. 둘째 옆에 셋째가 앉아 같이 손바닥에 달팽이를 올려놓고 요리조리 살펴본다. 첫째와 두 살 터울인 둘째는 언니보다 아직은 순수한 동심의 세계에 사는 듯하다. 첫째는 플라스틱 통 벽에 다닥다닥 붙어있는 달팽이들을 보며 징그럽다고 소리를 지른다. 둘째는 달팽이가 얼마나 좋은지 통을 들고 식탁으로 가져온다. 첫째는 "왜 여기로 갖고 와! 치워!"라며 기겁한다.

오전 8시 30분. 둘째는 학교 갈 시간이라고 말하며 서둘러 가방을 챙기고 신발을 신는다. 셋째는 양말도 신지 않은 채 둘째를 따라나선다. 나는 얼른 나갈 채비를 하고 함께 밖을 나섰다. 둘째가 학교에 가는 길 둘째가 눈에 안 보이자, 셋째는 "집에! 집에!"라고 외치며 떼를 쓰기 시작한다. 나는 셋째를 얼른 안고 어린이집으로 향했다. 간신히 어린이집 앞에 도착하니 셋째는 줄행랑을 친다. 주말에 어찌나 즐겁게 놀았던 건지 계속해서 언니를 찾는다. 시간을 더 이상 지체할 수 없어 억지로라도 아이를 안고 어린이집 앞에 왔다.

"왜 그럴까요?" 어린이집 선생님이 걱정스러운 눈빛으로 쳐다본다. 엄마와 떨어질 생각에 우는 아이가 안쓰럽게 느껴지기 때문일까? 혹은 우는 아이 때문에 다른 아이들을 챙기지 못하게 될까 신경이 쓰이는 걸까? 우는 아이를 달랜 후 다시 오거나 데려가길 바라는 선생님의 간절한 눈빛이 보여 미안한 마음이 일었다. 우리 아이로 인해 다른 아이들마저 엄마를 찾으며 울게 될까 걱정이 되었다.

"어머니 힘드셨겠어요." 원장님은 아이가 아닌 나를 보며 진심으로 걱정해 주셨다.

아이들이 아침에 일어나 학교와 어린이집에 갈 때까지 아이들과 나의 감정은 변화무쌍하게 움직인다. 아이들 마음에 귀를 기울이고 아이를 재촉하지 않으면서 기다리자, 마음을 먹어 보지만 감정 조절이 잘되지 않을 때가 있다. 특히 첫째 아이가 화가 나 방문을 닫고 들어갈 때면 설명할 수 없는 감정들이 올라오곤 한다. 둘째와 셋째를 통해 보이는 어릴 적 행동이 첫째에게서 보이지 않으면 훌쩍 커버린 것 같아 아쉽기만 하다. 핸드폰을 가지고 있는 시간이 늘어나는 아이를 보며 점점 대화에서 멀어지는 것은 아닐지 걱정된다. 아이 마음속에 부모라는 중심이 사라지고 공허한 마음을 핸드폰에 의지하는 것 같이 느껴진다. 다양하게 접하는 인터넷 세상에서 무엇이 옳은지 그른지 구분하지 못하고 현실과 벽을 쌓아가고 있는 것은 아닌지. 자신의 마음을 차분하게 말로 전하기보다 자꾸만 화를 내며 말하는 아이를 보면 어딘가 불안해 보인다.

이런저런 걱정을 뒤로하고 나는 노트북을 넣은 가방을 메고 카페로 향한다. 나를 만나기 위해 글을 쓴다. 내 마음을 뒤흔드는 상황들로 마음이 복잡해지다가도 가만히 앉아 차분히 키보드를 두드리다 보면 온전히 내 마음에 집중하고 있는 나를 발견하게 된다. 미움이나 판단이 걷어지는 듯하다. 온전히 나에게 집중하면 나의 마음만이 나를 반긴다. 지난 주말 시어머니와 대화를 나누면서, 시어머니는 "네가 힘들겠지만, 애들 잘 키워주렴."이라고 말씀하셨다. 아이들이 가진 기질대로 잘 키우라고 말씀하셨는데, 나는 그 순간 나를 떠올렸다.

'나도 잘 키워야 하는데'라는 생각이 불현듯 떠올랐다. 어른이 되고 부모가 되었지만, 여전히 감정 표현이 서툴고 나를 숨기기에 바쁜 나이기에 이제는 좀 더 당당해지고 현명해지고 싶다. 선택의 갈림길에서 다른 사람의 말에 영향을 받지 않고 스스로 결정하고 선택하고 싶다. 내가 생각하는 진짜 어른은 다른 사람에게 기대지 않고 자신의 마음을 믿고 행동하는 사람이다. 어머니의 짧은 한마디로 여러 생각을 했다.

나는 10년 차 엄마이지만 나 또한 매년 아이와 함께 성장해 간다. 글쓰기와 심리학 공부를 하며 나를 알아가고 있다. 내 감정과 욕구를 알아차리기 위해 내 마음에 귀를 기울인다. 엄마가 자신을 책임지고 돌볼 수 있어야 아이들을 건강하고 독립적인 어른으로 성장시킬 수 있다고 믿기 때문이다. 때론 아이의 말과 행동에 서운함을 느끼기도 하지만 엄마이기에 반성하고 대화를 통해 아이의 마음을 알아주고자 한다. 아이를 독립된 인격체로 인정하고 존중할 수 있는 성숙한 어른이자 부모가 되려 한다.

나는 좋은 아내일까?

    남편의 마음이 궁금할 때가 있다. 남편이 즐거워 보일 때는 그 자체로 행복하고 기분이 좋다고 이해가 되는데, 기분이 언짢아 보인다거나 말에 뼈가 있을 때는 내 마음에 상처가 되면서도 도대체 왜 그런 걸까? 라는 궁금함이 생긴다. 예를 들어 시어머니가 "뭐 먹고 싶어? 이거 가져갈래?"라고 물어보셨을 때 나 대신 남편이 "먹긴 뭘 먹어. 있는 거 먹지. 됐어. 이거 안 가져가. 감사한 것도 모르는데"라고 말하곤 한다. 내 대답도 기다리지 않고 자기식대로 말을 하니 내 말을 자른 것도 아닌 데 잘린 느낌이 들었다. 내가 무얼 원하는지 궁금해하지 않고 나 대신 남편이 대답하는 일들이 반복되다 보니 내 욕구를 존중받는 일은 꿈도 꾸지 못했다. 내 감정과 욕구를 이해받는 일은 포기해서 실망스럽고 답답한 마음이지만 그래도 어쩌랴 내가 할 수 있는 건 남편에 대해 관심을 돌리는 것뿐이다. 그 사람의 마음을 좀 더 구체적으로 알아가는 것이다. 감정이나 욕구에 대한 궁금함을 가지고 이해를 하고자 노력하는 일이다.

시부모님 밭에 간 어느 주말, 밭일을 도와주기 위해 시댁 어른들이 와 계셨다. 점심때가 되어 다 같이 자주 가는 이탈리안 레스토랑으로 향했다. "질부, 커피 마실래?" 식사 중 커피를 마시고 계셨던 이모님이 물어보셨다.

"네." 나는 대답했다.

"아니에요. 마시던 커피 있을 거예요." 나의 대답과 동시에 남편의 말이 이어졌다. 남편의 말은 미사일이 되어 날아왔다. 그 속도를 가늠할 수 없을 만큼 부지불식간에 일어났다. 내가 텀블러에 커피를 넣어 다니는 것을 알아서인지 마시지 않겠다고 나 대신 대답했다. 그의 말은 단호했다. 마시는 사람은 나인데 자신이 마시지 않겠다니. 이상했다.

"00야, 먹고 싶다는데 왜 못 먹게 해?" 이모님은 남편의 얼굴을 똑바로 바라보고 정색한 표정으로 말씀하셨다. 맞은편에 계셨던 다른 이모님께서는 얼른 카드를 받아 들고 계산하러 가셨다. 마치 부당한 일을 당한 여직원이 자리를 박차고 상사에게 다가가는 것처럼 당당한 발걸음이었다. 혁명을 일으키는 전사의 모습이 연상되었다. 커피를 마시고 안 마시고를 떠나 거피의 값이 싸고 비싸고를 떠나 상대의 욕구를 단칼에 잘라버리는 그의 모습이 나에게는 당연하였지만, 누군가에게는 당연하지 않은 일이었다. 나는 표정을 애써 숨긴 채 아무 감정도 느끼지 못하는 사람인 것처럼 그 자리 그대로 있었다. 욕구를 도둑맞는 일은 익숙해질 만도 한데, 아무리 시간이 지나도 익숙해지지 않는 듯하다.

시부모님이 계신 자리에서 나는 그 어떤 말도 하지 못했다. 남편은 도대체 어떤 마음으로 그런 말을 했던 걸까. 나는 너에게 양보할 마음이 없어. 네가 좋아하는 꼴을 못 보겠어. 남편의 속마음일까? 그 마음이 이렇게 나에게 들리고 있다. 나는 왜 그 순간 남편의 마음이 그런 말을 하고 있다고 느꼈을까? 서로의 욕구를 존중하지 못하는 모습이 부끄럽지만, 이 글을 쓰는 이유는 이게 바로 우리 부부의 현실이기 때문이다. 시간이 지날수록 소통의 벽은 점점 두꺼워지고 높아진다. 그 벽을 허물어야지 하면서도 익숙해지는 나를 발견하게 된다.

문득 어디선가 익숙한 말들이 날아오는 것만 같다.
'너의 태도를 봐, 네가 좀 더 야무지게 굴어야지. 남편이 싫어하는 거 하지 말고. 집에 오면 반갑게 맞아주고 밥상도 차려놓고. 참아야지 어떡하겠니. 애들 보고 살아야지.'

내 안에서 나도 모르게 올라오는 말들이다.

남편이 퇴근하고 돌아왔을 때 무표정한 그의 얼굴을 마주하며 "다녀오셨어요."라고 인사하고 "저녁은 먹었어요?"라고 말을 건네본다. 상투적일지 모르지만 내가 할 수 있는 최선의 예의를 다한다. 대답이 없어도 나는 허공 속에 그 말을 던져본다. '어쩌자고 이 사람과 결혼하게 된 거지?'라는 후회는 더 이상 내게 소용없는 일이 되어버렸다. 남편 또한 그렇게 느낄 테니 말이다.

남편이 화가 날 때마다 먼저 다가가 보기도 했지만, 시간이 지날수록 밑 빠진 독에 물 붓는 일이라는 것을 깨달았다. 우리가 왜 무엇 때문에 서로 마음이 상했는지, 어떤 마음이었는지에 관한 이야기가 오가지 않으니 매번 비슷한 상황에서 갈등이 일어났다. 부부 간의 갈등은 이기고 지는 게임이 아님에도 남편에게 지는 듯한 느낌이 들었다. 그렇다면 남편은 늘 승자여야만 할까? 남편은 일을 해 돈을 벌어오니 집안일이나 육아는 당연히 아내인 내 몫이라 생각해왔다. 남편이 생각하기에 살림이 제대로 되어 있지 않으면, 아내인 내가 해야 할 일을 하지 않았기 때문에 화가 나는 듯했다. 남편은 당연히 해야하는 일을 말했던 것일 뿐인데, 나에게는 그것이 명령이라 느껴졌다. 동등한 부부 사이가 아니라 상사와 부하 사이

나 주인과 종같이 느껴져 혼란스러웠다. 내가 집안일을 즐겨하거나 좋아하지 않는다는 것을 알면서도 함께 하지 않는 건 어쩌면 아내인 내가 당연하게 해야만 하는 일이라고 생각해서일까? 시어머니가 밭일을 하면서도 집안일에 소홀히 하지 않는 것처럼 나 또한 모든 것에 완벽하길 바라는 걸까? 남편은 어머니가 고생한 것을 알았지만, 그마저도 당연한 거라고 생각해 왔던 걸까?

남편은 자신이 원하는 것을 내가 들어주지 않으면 무시당하는 것으로 느껴진다고 했다. 그렇게 표현하는 남편이 말하는 무시당하는 것 같다는 말이 구체적으로 무엇일까? 곱씹어 보게 된다. 나는 계획적으로 움직이기도 하지만 상황에 따라 변경이 되기 때문에 남편이 원하는 대로 늘 할 수는 없었다. 누구나 상대방이 원하는 대로 그대로 할 수는 없는 노릇이다. 더 깊게 들여다보면 어떤 역할이나 일을 잘 처리하고 못 하고의 문제는 표면적인 듯하다, 서로에 대한 이해나 역할이 아닌 그 사람의 있는 그대로의 모습을 받아들임에 대한 문제라는 느낌이 문득 든다. 그런데 남편이 무척 자주 하는 말은 "낮에 하면 되지, 애들 학교 가고 도대체 뭐 하는 거야?"이다.

남편의 머릿속에는 주부가 해야 하는 일에 대한 개념이나 관념이 있다. 아내인 내가 개인적으로 자기 계발을 위한 시간을 보내는 것 때문에, 주부로서의 일을 소홀히 하는 것처럼 보이면 나를 이기적인 사람으로 생각하는 것 같다. 자신이 옳다고 믿는 생각이 남편과 나 사이에 놓인 커다란 바위처럼 느껴졌다. 소통에 방해가 되는 장애물이었다. 내가 주부로서 역할을 다하는 대신 남편은 직장생활을 하여 돈을 벌어오기 때문에 그 역할을 다하지 못한다고 생각하면 억울한 듯했다. '내가 집에서 살림할 테니 네가 돈 벌어와'란 말이 이해가 되었다.

남편의 요구에 순응해 보기도 했다. 내가 원하는 것이 있어도 남편의 말 한마디로 모든 것이 결정되어도 당연한 상황으로 받아들이기도 했다. 시간이 지날수록 내 마음은 당연하지 않다고 말했다.
'너도 너의 욕구가 있고 감정이 있어. 무조건 일방적으로 이해하고 따르는 건 너답지 않아.'
라고 속삭였다.
'너도 너의 생각을 말할 수 있어. 너의 생각이 남편과 다르다고 해서 남편을 무시하고 싫어하는 게 아니잖아. 너도 존중받을 권리가 있어.'라는 말이 줄줄이 올라왔다. 남편의 화가 풀리도록 남편이 원하는 대로 해주었던 때와 다르게 부당하다 생각되는 남편의 말과 행동에 크게 반응하거나 풀려고 애쓰지 않는다. 글을 쓰기 이전에는, 아이가 원하는 것을 뭐든 다 해주는 엄마처럼, 무엇이든 다 해주려 했다. 글을 쓰면서부터는 남편과의 갈등이 견딜 수 없어

안달복달한 마음이 차분해졌다. 남편과 나 사이에 잠시 빈공간이 있어도 괜찮다. 아니 빈공간이 필요한 듯하다. 남편의 생각을 깨는 일이 우선이 아니라 나를 돌아보고 돌보는 일이 서로를 위한 것이라는 생각이 든다.

무조건 남편에게 맞추고 나를 낮춰야 좋은 아내이고 그 역할을 다하는 거라고 생각하지 않게 되었다. 서로의 존재에 관심을 가지고 싶다. 서로의 존재에 대한 이해가 어렵다면 당장 할 수 있는 일은 무엇일까? 각자의 감정과 욕구를 궁금해하는 것부터 시작하고 있다. 내가 어떤 감정을 느끼고 어떤 욕구를 가졌는지 생각하다 보면 남편의 감정과 욕구에도 귀 기울이게 된다. 시간이 필요한 일이다. 어떻게 하면 남편과 내가 함께 성장할 수 있을지 고민하는 아내가 되고 싶다. 남편과 나는 어깨를 나란히 하며 같은 곳을 바라보는 동반자이므로.

서툰 어른

'내가 엄마를 사랑하는 만큼 날 더 사랑해 줘. 엄마 나를 더 사랑해 줘.'

첫째 아이가 자기 전 종이에 쓸 말이 있다며 공책에서 종이 한 장을 뜯었다. 아이가 잠이 든 후 책상에서 이 메시지가 쓰인 종이를 보게 되었다. 그동안 동생들에게 양보하고 챙겨주느라 애쓴 아이를 생각하니 미안한 마음이 들었다. 사랑받고 싶은 아이의 마음이 느껴졌다. 날 더 사랑해 줘. 나의 마음속 어린아이도 이렇게 외쳤을까? 돌이켜 생각해 보면 결혼하고도 나는 어린아이였다. 부모님에게 사랑받고 싶은 어린아이였다.

결혼 준비하면서 예식장에서 드레스를 입어보고도 마음에 들지 않아 부모님에게 전화했던 때가 생각이 난다. 결혼 전 시댁에서 마련해 주신 신혼집에서 지내고 있을 때의 일이었다. 결혼식장에서 입어 본 드레스가 맘에 안 들어 도저히 입을 수 없을 것 같아 아침이 되자마자 부모님에게 전화했다. 다른 드레스를 입고 싶다고 말씀드리니 지방에 계신 부모님은 한달음에 달려오셨다. 지금 생각해 보면 철이 없었다. 직접 돈을 벌어 결혼 준비를 한 것도 아니고 양가 부모님 모두가 신혼살림과 집을 다 준비해 주셨는데도 불구하고 드레스가 맘에 안 든다며 부모님에게 전화한 것이다.

결국 결혼식장 아래에 있던 드레스 대여 업체에서 비용을 들여 새 드레스를 예약했다. 결혼식장을 예약하면 드레스부터 메이크업까지 포함되어 있어 그 안에서 해결하면 되었는데도 다른 업체에서 드레스를 빌려 입었다. 남편과 상의하지 않고 결정했다. 결혼을 앞둔 딸이 드레스가 맘에 들지 않는다고 해 한달음에 달려오셨던 부모님의 마음은 무엇이었을까? 남편과 상의해 보라거나 드레스를 다른 것으로 바꿀 수 있는지 결혼식장에 문의해 보라고 하셨을 수도 있었을 테지만 부모님은 사탕을 사 달라 조르는 아이에게 사탕을 사주듯 나의 요구를 들어주셨다.

자녀는 어른이 되어도 부모님에게는 어린아이라는 말이 있듯이

나 역시도 부모님에게 어린아이였다. 다시 생각해 보면 부모님이 나를 스스로 알아서 할 수 있는 어른이라 생각지 않으셨던 것 같다. 우는 아이를 어르듯 달래주셨다. 그 어린아이는 결혼하고 아이를 낳았음에도 여전히 어린아이였다. 남편과 다툴 때마다 부모님에게 전화해 하소연했다. 부모님은 속상하고 화가 나 그때마다 올라와 내 편이 되어주셨다. 나는 스스로 결정도 해결도 못 하는 서툰 어른이었다.

결혼은 곧 독립이라는 것을 그땐 알지 못했다. 남편과 나 둘이 문제를 해결해야 한다고 생각하기보다 누군가 내 편에 서서 나의 편을 들어 주길 바랐다. 먼저 남편에게 사과하고 화해의 악수를 청하고 싶지 않았다. 남편과 트러블이 나면 시어머니께서 눈치를 채고 중재를 해주시려 애쓰셨지만 상처받은 나만 보일 뿐이었다. 상대가 나로 인해 상처받을 것으로 생각하지 않았다. 그때는 최선이었지만 마음 한편으로는 배려심이 부족했다는 생각이 드는 건 또 어쩔 수 없다. 그렇게 시간이 흘러 결혼생활 10년을 맞이했다. 10년이 흘렀어도 남편과 투덕거릴 때가 많았다. 한 번의 헤어질 위기가 있었음에도 우리는 나아지지 않았다. 크게 싸울 때마다 부모님이 달려오셨다. 남편과의 사이가 좋지 않음을 숨기려 했었을 때도 아빠는 눈치를 채셨고 그때마다 속상해 잠 못 이루셨다.

자라오면서 도덕적으로 지켜야 할 것들에 대해서는 잘 알았지만, 가치관이랄까 삶의 태도나 자세에 대해서는 잘 알지 못했다. 아는 사람을 만나면 인사를 해야 한다는 것 정도는 알았지만, 사람에게 다가가는 것도 관계를 맺는 것도 방법을 알지 못해 헤매었다. 어려서부터 부모님과 대화가 거의 없었다 보니 고민도 말할 수 없었다. 무엇을 원하는지조차도 질문을 받아본 기억이 거의 없다. 입고 먹고 생활하는 모든 것에 있어 부족함을 느끼지 않았음에도 마음 한편이 공허했다. 하고 있던 것을 끝까지 하지 못하고 포기해버렸다. 자꾸만 새로운 것을 경험하고 싶었다.

정서적으로 채워지지 않았던 부분들이 내 삶에 영향을 미쳤다. 어른으로서 독립적으로 살아갈 준비가 되지 않았다. 몸은 성인이지만 마음이 작았던 그 아이가 세 아이의 엄마가 되었다. 어른이 되지 못하고 어쩔 줄 모르는 그 아이가 어른이 되었고 부모가 되었어도 많은 것들이 서툴렀다. 그러던 중 심리학 공부를 하게 되면서 알게 됐다. 내가 어린아이였다는 것을.

어쩌면 내 안의 사랑받고 싶은 어린아이가 아빠 엄마를 불렀던 것이었을지도 모른다. 사랑해달라 조르고 있었다. 그 아이는 글을 씀으로 성장했고 또 성장해 가고 있다. 글을 씀으로 자신의 진짜 모습을 찾아가고 있다. 자신을 찾아감으로 마음이 단단해졌다. 더 이상 부모님의 나에 대한 사랑을 의심하지 않는다. 아이는 홀로 섬으로 어른이 되어간다. 지금 나는 자라는 중이다.

마음속 어린아이

그 아이는 고개를 숙인 채 걷고 있었다. 양쪽으로 묶은 머리는 몸 따라 축 처져 강아지 꼬리인 듯 걸을 때마다 흔들렸다. 바짝 묶었던 머리는 공기 빠진 공처럼 힘없이 늘어졌다. 평형대 위를 걷는 아이라 하면 고개를 바짝 들고 정면을 바라보는 모습이 연상되는데, 그 아이는 모든 것이 축 처져 보였다. 벌린 두 팔도, 어깨도 머리도 옷도. 7살 아이라 하면 무엇이든 재밌고 힘이 넘쳐 이곳저곳을 뛰어다닐 텐데 아이는 금방 세상이 무너지기라도 할 듯 침울한 표정이었다. 눈 코 입 그 어느 것도 해맑지 않았다. 그 아이를 만날 수 있다면 당장 달려가 그 아이를 껴안아 힘을 주고 싶다. 나는 마치 그 아이가 내 앞에 있는 것처럼 응원의 말을 건넸다. 넌 할 수 있다고. 코치가 선수에게 피드백하듯 허리를 반듯하게 펴고 정면을 응시하며 걸어보라고 말해주었다.

사진 속 그 아이는 양팔을 벌리고 평형대 위를 걷고 있었다. 얇은 두 다리로 균형을 유지하는 그 모습이 안쓰럽게 느껴졌다. 내 어린 시절을 몇 장 안 되는 사진으로 만났다. 환하게 활짝 웃거나 장난기 가득한 모습은 그 어디에도 보이지 않았다. 내 기억 속 유년 시절은 어딘가에 숨어있을 때가 많았다. 엄마 뒤에 숨거나 내 안에 숨어들었다. 어른을 만나면 인사하는 것이 어려웠고 말이 나오지 않았다. 입안에 말을 머금고 내뱉지 못했다. 그런 나의 성격을 이해하고 괜찮다고 다독여주는 어른은 없었다. 이유도 모르고 자신감이 부족했다. 무언가 명확하게 아는 것 없이 흐릿했다. 가족에 대해서 나에 대해서, 공부에 대해서 친구에 대해서. 어떤 것이든 잘할 수 있다는 확신은 내게 없었다. 어렴풋하게나마 나를 추측했다. 나는 음악을 좋아하고 사람들에게 주목받고 싶다는 정도의, 꿈이자 동경이었다.

나는 나에 대해 아는 것이 별로 없었다. 여자라는 것, 부모님과 언니가 있다는 것, 그 정도의 사실만이 나를 설명할 수 있었다. 내가 누군가의 자녀이고 동생이라는 사실 외에 어떤 사람인지 알지 못했다. 내가 무슨 생각을 하고 있고 어떻게 느끼고 있는지 알지 못했다. 알려 하지도 않았다. 정확하지도 뚜렷하지도 않았다. 그랬던 내가 결혼을 했고 세 아이의 엄마가 되었다. 결혼은 행복한 거라고 나를 사랑해 주는 사람을 만나 평생을 함께하는 거라고 막연하게 생각했다. 같이 여행을 다니고 꿈을 꾸고, 이루고 남편과 내가 한마음 한뜻으로 살아낼 줄 알았다. 성격이나 생활 습관으로 인한 부딪힘은 생각지도 못했다. 남편과 내 안에 여전히 각자의 부모님에 대한 사랑이 남아 우리를 괴롭힐 줄은 상상도 하지 못했다.

결혼 후 지금까지 내 인생을 정리해 본다면 비밀번호를 모르는 금고를 여는 것과 같았다. 그곳에 무엇이 들어있을지 모르지만 열고 싶은 마음이 불쑥불쑥 튀어 올랐다. 남편의 마음은 마치 판도라 상자 같아서 잘 못 열면 우리에게 어떤 일이 닥칠지 알 수 없었다. 판도라 상자 안에는 남편조차도 꺼내지 못하는 부모님에 관한 이야기, 어린 시절의 이야기가 있다. 부모님에 관한 이야기만 나오면 발끈하는 남편을 보며 무엇이 그토록 남편을 힘들고 괴롭게 하는 것인지 알고 싶어졌다. 결혼을 하고 10년이 넘었어도 아직도 나는 남편에 대해 다 알지 못한다. 남편은 나에 대해 얼마나 알고 있고, 알고 싶어 할까? 나는 남편과 다르게 내 마음속에 있던 비밀금고를 글쓰기라는 열쇠로 풀어놓았다. 명확하지 않고 어슴푸레 느꼈던 부모를 향한 마음을, 어린 시절의 나를 꺼내었다. 그 안에는 사랑받고 싶은 어린아이가 있었다.

어릴 적 나는 말수가 없고 숫기도 없는 아이였다. 활발하지도 적극적이지도 않았다. 교실 안에서 많은 학생 중 한 명일 뿐이었다. 나를 궁금해하는 사람도 칭찬을 해주는 사람도 거의 없었다 보니 스스로 나의 존재를 증명해 내고 싶었다. 어떤 방법으로든 나를 들어내고자 했다. 그땐 왜 그렇게 나를 드러내고 싶었는지 알지 못했다. 혼자 있는 것을 좋아했지만, 부끄럽고 조용해서 사람들과 섞이지 못하는 것으로 생각했다. 얼굴이 예쁘지 않아서 공부를 잘하지 못해서 존재감이 없는 거라고 여겼다. 만약 내향적인 성향에 대해 알고 이해하고 있었다면 어땠을까? 혼자만의 시간을 통해 잠재력을 펼칠 수 있었을까? 조용하고 숫기가 없는 것이 성격이 좋고 나쁜 것으로 평가되어 존재에 대한 가치까지도 낮아져 버린 것 같았다. 혼자서 책을 읽고 글로 정리해 낼 수 있었다면, 부모님이 나의 성향을 알고 이끌어 주셨다면 지금의 나는 어떤 모습으로 살고 있을까?

나는 글을 쓰며 나를 알게 되었다. 내면으로 들어가 보니 진짜 나를 만날 수 있었다. 나와 대화하며 글을 쓰는 시간은 무의식의 깊은 곳에 들어가는 순간이었다. 나는 어떻게 살아야 하는가? 지금 이대로도 괜찮은가? 나는 어떤 모습으로 어떻게 변화되어야 하는가에 대해 끊임없이 마음에게 물어보았다. 간절히 기도하는 마음으로 내 마음의 목소리를 들었다. 그 목소리를 따라 걸어갔다.

글쓰기를 하며 마음을 비워내니 무언가를 바라는 마음을 내려놓게 되었다. 조급함이 사라졌다. 욕심을 비우고 오로지 내 마음에만 집중하니 그곳엔 나라는 한 사람만이 있었다. 남편과 행복해지기 위한 마음도 갈등을 풀어내고 싶은 마음도 내려놓으니 그곳에 사랑이 있다는 것을 차츰 알게 되었다. 사랑하고 싶은 마음은 그 어떤 것으로도 표현이 되지 않았다. 너무나도 자연스러운 감정이었다. 나를 사랑하는 마음으로 남편을 사랑하고 아이들을 사랑하게 되었다. 내가 가진 모든 것에 감사를 표하니 평안함과 풍요가 내 안에 찾아들었다. 남편의 말이나 행동이 내 마음을 괴롭히지 않았다. 더이상 외부의 인정에 목말라 우물을 파지 않아도 되었다.

나는 글쓰기를 하며 내면 아이를 만났고 그 아이를 껴안아 주었다. 사랑받고 싶은 아이의 순수한 마음을 인정하고 마음껏 사랑해 주었다. 글로 내 마음을 표현하면 무조건 수용해 주었다. 어떤 평가도 조언도 하지 않았다. 내 마음을 인정하고 받아주니 마음속 아픔들이 치유되었고, 상처가 회복되었다. 마음이 자라나고 있음을 느꼈다. 보이지 않는 마음을 탐색해 나가면서 고유한 진짜 나를 알아갔다. 나와 대화하는 그 시간은 그 어떤 시간보다도 행복했다. 글쓰기는 그 어떤 선물보다도 귀하고 값진 것이다.

있는 그대로의 나

　대학을 졸업하고 아르바이트나 계약직을 전전할 때의 일이다. 인터넷 동호회를 통해 직장인 연극 동호회를 알게 되어 오디션을 보고 활동하게 되었다. 연극이나 뮤지컬 작품을 연습해 지인들 앞에서 공연하거나 직장인 연극제에 참가하기도 했다. 연기나 노래와 같은 재능과는 상관없이 사람들 앞에 선다는 것만으로 도전이었다. 내면에 있는 나를 들어내고 싶은 욕구들을 방출했던 시기였다. 그 당시엔 친구와 자유로이 대학로를 다니며 연극을 보았고, 돈이 되지도 않는 일들을 찾아서 하게 되었다. 주간지 회사에 들어가 인터넷 기사를 편집해 기사를 쓰거나 리포터를 하기도 했다. 실력이나 능력치와는 상관없이 어린 시절 갖고 있던 욕구들을 드러내려 했다. 그 당시엔 내가 무엇을 원하고 느끼는지 알지 못하고 구름 위를 떠다녔다. 무엇인가는 해야 한다는 생각으로 열심히는 살았던 것 같다. 그것이 나의 가치관에 맞는 목표로서 부족하지 않았나 하는 생각이 들지만 말이다. 연극을 제작하는 대학로의 한 회사에 들어가 인턴으로 일하며 표를 판매하거나 배우들을 챙기는 일을 했다. 당시 연극 동호회에서 활동하는 것을 회사에서 알고 어린이 연극에 참여해 연습하기도 했다. 결과물로 만들지는 못했지만, 자신을 드러내는 사람들 주변을 맴돌았다.

꿈을 현실로 만들지 못하고, 결혼을 꿈이라 생각하며 현실이라는 바닷속에 헤엄을 치듯 도망을 갔다. 남편과의 사랑이 파라다이스라 착각했다. 원가족과의 삶에서 벗어나 휴양지로 여행을 가는 것으로 생각했다. 무엇이든 원하는 대로 하며 살아갈 수 있을 것 같았다. 결혼 후에도 자꾸만 나를 들어내고 싶은 욕구가 고개를 들이밀었다. 글을 쓰고 싶었고 무대에 서고 싶었다. 현실 속에 살고 있지만 계속해서 꿈을 꾸었다. '나'라는 사람이 어떤 사람인지 알지 못했다. 어떤 성격을 가졌고, 어떤 장점이 있는지 알지 못했다. 아이를 재우고 무엇을 해야 하는지 모르니 TV를 보고 핸드폰 게임을 했다. 가장 좋아했던 것은 혼자 배달 음식을 시켜 먹으며 TV를 보는 것이었다. 아이를 유모차에 태워 키즈카페에 가고 버스를 타고 올 거리를 유모차를 끌며 걸어 다니곤 했다. 그것이 삶의 낙이었고 시간을 보내는 방법이었다. 아이를 아기띠로 안고 지하철이

나 버스를 타며 이곳저곳을 다녔다. 그때의 나는 행복했을까?

남편과 싸우면 남편이 왜 화가 나는지 그 이유를 알지 못하고 내게 화를 내는 것 자체만으로 화가 났다. 나를 함부로 대하고 있는 것 같았다. 청소로 지적하면, 가정부를 쓰지 왜 자꾸 나에게 지적하고 화를 내는 거지? 나는 집안일을 하는 사람일 뿐인가? 라고 생각했다. 남편이 무엇을 원하고 무엇에 편안해하는지 알려고 하지 않았다. 사람에게 욕구가 있고 감정이 있다는 것을 인식하지 못했다. 나를 대하는 태도가 마음에 들지 않았다. 남편은 자신의 욕구가 풀어지지 않으면 물건을 던지는 등 분노를 표출했다. 당시엔 그런 행동 자체가 폭력적인 것으로 생각했다. 해서는 안 될 행동을 하는 것이라 여겼다. 남편이 무엇을 원하는지 어디에서 화가 나는지 알지도 이해하지도 못했다. 그런 날들 속에서 나는 혼자 있을 때 벽에 기대앉아 울기만 했다. 내 마음은 우울함으로 가득 찼다. 삶을 어떻게 살아야 하고 어떤 마음가짐을 가지고 살아야 하는지 알지 못했다. 시간이 흘러가는 대로 살아갔다. 마음은 여전히 어린아이였다.

그런데 그때는 그런 행동이 어린아이의 모습이라 생각하지 못했다. 갓 서른을 넘겼지만, 나이와는 상관없이 어린아이였다. 힘들면 부모님께 전화했고 부모님이 집에 왔다 돌아가실 때 멀어져 가는 부모님의 차를 보며 울었다. 마음에서 부모님과 떨어지지 못했다. 유일한 내 편을 갖고 싶었고 힘들면 언제든 달려오기만을 바랐다. 전화로 아빠 목소리만 들으면 울었다. 어린 시절 아빠는 잔소리가 많은 사람이었고 아빠라는 존재가 확 와닿지 않았었는데 결혼 후에 아빠는 다정한 아빠로 내 곁에 있어 주셨다. 옆에 부모님이 계셔주는 것만으로도 좋았다. 어린 시절 받지 못한 사랑을 부모님이 주시려 했고 나 또한 받지 못했다 느꼈던 사랑을 받으려고 했다. 마치 어린 자녀에게 주는 부모의 사랑처럼 느껴졌다. 어린아이를 쫓아다니며 돌보듯 하는 사랑이었다. 불편하고 위험한 것을 내 앞에서 제거해 주시려는 것 같았다. 남편과 나, 오로지 두 사람이 상의하고 의논해야 하는데 그런 과정이 부재했다.

욕구를 표현하는 방법을 모르고 거절만 당해왔다고 생각했던 날들이었다. 불만족스러움은 삶을 앞으로 나아가지 못하게 했다. 그것을 어떻게 표현하고 드러내야 하는지 모르니 '나'만 생각하고 상대의 욕구는 알려고 하지 않았다. 내가 하고 싶은 것만 눈앞에 보이니 아무것도 보이지 않았다. 나는 내 할 일을 열심히 하고 있을 뿐 다른 사람에게 피해를 주지 않는다고 생각했지만, 남편의 나에 대한 불만은 꺾이지 않았다. 나만의 시간과 공간을 배려받고 싶었지만, 남편에겐 이기적인 것으로 보이는 듯했다. 지금은 나만의 시간을 보내면서 나의 욕구를 채우고 남편과의 관계에서도 편안함을

43

유지하고 있다. 그 이유는 현재에 집중하고 있기 때문이다. 지금 내가 해야 할 일을 우선으로 생각하고 행동하고 있다. 남편과의 관계, 육아와 살림, 글쓰기를 균형 있게 해 나가려 노력한다.

마셜 로젠버그의 『비폭력 대화』에서는 이를 현존(현재에 있음), 이라고 한다. 무언가를 하려고 하지 말고 그곳에 그대로 있으라고 한다. 저자는 철학자 마르틴 부버의 설명을 빌려 삶이 우리에게 요구하는 '현존'에 대해 이야기하고 있다.

마르틴 부버는 "서로 비슷한 점이 많은데도 불구하고 삶의 매 순간은 항상 새롭게 태어난 아기와 같이 이전에도 없었고, 절대로 다시 올 수도 없는 새로운 얼굴을 가진다. 그래서 삶이 당신에게 요구하는 순간순간의 반응은 미리 준비할 수 있는 것이 아니다. 삶은 과거의 그 어떤 것도 요구하지 않는다. 지금, 이 순간에 반응할 수 있는 능력, 바로 당신의 존재 그 자체를 요구한다."라고 말한다.

이제는 나만의 사고방식대로 남편을 판단하거나 재단하지 않고 지금의 나와 남편을 바라보게 되었다. 남편이 지금 무엇을 원하고 있는지 그의 말과 행동에 관심 두고 집중하다 보면 남편은 자신이 충분히 이해받았다고 생각한다. 남편에게 무얼 해주려고 애쓰지 않고 지금, 이 순간 함께 해주는 것이다.

변화해야겠다 결심한 지금은 다른 사람이 바뀌길 바라지 않는다. 내 안에 있는 고유한 성질을 강점으로 승화시켜 나를 일상에 들어내며 살아가려 한다. 나를 들어낸다는 것이 사람들 앞에 나를 내세우는 것이 아니라 더 좋은 방법으로 삶을 살아가겠다는 것이다. 진짜 나의 능력을 찾아 개발하고 그 과정을 통해 가족들에게 좋은 영향을 미치고 싶다. 아이들은 아이들대로 자신의 존재를 인식하며 독립적으로 살아가고 남편 또한 자신의 본모습을 찾아 자신을 개발하며 살아가길 바란다. 나는 심리학 공부를 하고 글을 쓰며 나라는 존재를 알아가게 되었다. 내가 무엇을 원하고 좋아하는지, 무엇을 잘할 수 있는지 알게 되었다. 나의 장점을 알게 되니 하나의 목표를 향해 앞으로 나아갈 수 있었다. 그 과정이 쉽지만은 않지만, 나만이 가진 강점을 알기 때문에 노력하게 된다. 나라는 존재는 허공 속에 존재하지 않는다. 나는 지금, 이곳 여기에 있다.

행복 레시피

　시부모님이 동네 분들과 중국으로 3박 4일 일정으로 여행을 떠나셨다. 여행하시는 동안 시할머니가 홀로 남아 계시게 되어 가까이에 사는 작은아버지가 한 번씩 집에 들르셨다. 여행 이틀째인 날, 저녁 6시쯤 작은아버지가 다녀가시고 난 후 남편이 퇴근하면서 할머니께 전화를 드렸다. 그런데 1시간 반 전부터 할머니의 전화기는 통화 중이라는 메시지만 들려왔다. 걱정된 남편은 할머니께 가봐야 하나 고민했다. 남편이 작은아버지께 다시 다녀와 달라 부탁드렸지만 사촌 동생을 통해 물으니 다시 다녀오지 않으셨다고 했다. 남편은 바로 옷을 갈아입은 후 시댁으로 가기 위해 집을 나섰다. 남편은 현관문을 열고 "다시 와?"라고 물었고 나는 "당신 편한 대로 해."라고 말했다. 할머니가 걱정되는 와중에, 밤 10시가 넘었고 시댁까지 가는 시간이 한 시간이 걸림에도 다시 오냐고 묻는 남편의 의도가 무엇이었을지 궁금해졌다.

남편이 집을 비우면 혼자만의 시간을 가질 내가 즐거울 것으로 생각했는지 남편은 "벌써 입꼬리 올라가네."라고 농담인지 진담인지 모를 말을 남기고 떠났다. 남편은 시부모님이 여행을 가 계신 동안 혼자 계실 할머니를 걱정할 정도로 다정한 사람이다. 예전엔 책임감 때문에 시부모님을 도와드리고 자주 찾아뵙는 거라고 생각했다. 오늘을 계기로 다시 생각해 보니 단순한 책임감이 아닌 듯했다. 시할머니와 시부모님을 생각하는 마음은 남편에게 자연스럽고도 당연했다. 태어나서부터 결혼 전까지 한 집에서 조부모님, 그리고 부모님과 함께 살았던 남편이었기에 누구보다도 할머니를 생각하는 마음이 각별하다. 남편이 툴툴대고 잔소리해도 마음속은 누구보다도 따뜻하다는 것을 알게 되었다.

할머니 방에 있는 전화기가 망가져 전화가 안 되었다. 계속해서 할머니의 핸드폰으로 전화를 걸어도 통화 중이라는 대답만 들려왔다. 남편은 집을 나서기 전까지 전화를 걸어보았다. 여전히 통화 중이었다. 해외에 계신 부모님께 전화를 해보았지만, 전화기가 꺼져있었다. 가까이에 사는 형제들이 있어 안심하고 여행을 떠나셨을 텐데 할머니와 전화가 안 된다고 부모님께 말씀드렸다면 맘 편히 여행하지 못하셨을 것 같다. 남편은 늦은 밤 작은아버지께 다시 가 달라 부탁할 수 없었다. 걱정되어 잠을 잘 수 없었다. 나는 그런 남편을 보며 "할머니 혼자 계시니 걱정이 되지, 연세도 많으시니, 더 걱정되지."라는 말만 할 수밖에 없었다. 그리곤 바로 할머니 방에 놓아드릴 유선전화기를 인터넷 쇼핑몰에서 구매하였다. 남편에게 해줄 수 있는 건 걱정에 대한 공감과 전화기를 구매하는 것이었다.

남편이 할머니를 걱정하는 마음을 받아주고 싶었다. 그 마음을 온전히 들어주면 남편이 어떻게 행동해야 할지 스스로 선택할 거라 믿었기 때문이다. 또 그런 남편의 마음이 어디서 왔는지 궁금했다. 나는 어떤 판단이나 강요 없이 남편이 원하는 대로 하길 바랐다. 남편이 할머니를 걱정해 작은아버지께 전화를 드리거나 시댁에 가야 한다고 말했을 때, 할머니 잘 계시겠지. 작은아버지께 다시 전화하고 기다려 보자고 말했다면 남편이 어떻게 반응했을까?

나였다면 작은아버지께 다시 전화를 걸었을까? 이런 나의 마음을 이야기했다면 남편은 '너는 걱정도 안 되지? 큰일이라도 나면 네가 책임질 거야?'라고 저항하듯 말했을 것이다. 남편은 자신의 마음을 누군가 받아줌으로 할머니가 잘 계시는지 직접 확인해야 했고 그래야만 한다는 확신을 얻고 싶었던 것 같다. 걱정되는 남편의 마음을 알아주어서 남편이 더 고민하지 않고 할머니께 갈 수 있었던 걸까? 나 또한 남편과 같은 상황일 때 남편이 나의 고민에 조언이나 판단 없이 가만히 들어주길 바랐을 것이다. 남편의 마음 옆에 있어 주었던 이유는 남편이 나의 마음을 어떤 평가나 분석 없이 들어주길 바랐기 때문이다.

남편의 이야기를 들어주면서 남편이 시댁에 가기로 이미 마음속으로 결정했다는 것을 알았다. 가야 하는지, 말아야 하는지에 대한 내 생각이나 의견을 말하지 않아도 되었다. 걱정되어 잠을 이루지 못할 것임을 알고 있었기 때문에 늦은 밤일지라도 남편은 가지 않을 수 없었다. 남편이 할머니가 안전하게 잘 계신 것을 확인하고 안심하길 바랐다.

나는 남편의 마음을 판단 없이 온전히 들어줌으로 남편이 편안해했음을 느낄 수 있었다. 남편이 이때의 느낌을 잘 기억해 내게도 아무런 판단 없이 들어주었으면 했다. 남편에게 온전히 존중받는 경험이 쌓여 나의 입장과 마음을 이해해 주길 원했다. 남편의 도움이 필요할 때 미안한 마음, 불편한 마음 없이 받기를 바라기 때문에 남편의 마음을 있는 그대로 들어주었다.

시간이 오래 걸릴지도 모른다. 남편이 나의 마음을 이해하고 알아주는 일이. 나는 부모의 사랑과 믿음으로 아이들이 성장해 나가는 것을 보았다. 남편 또한 존중받는 경험이 쌓이면 자신도 모르게 상대를 이해하고 공감할 거라고 믿는다. 남편과 내가 서로의 느낌과 욕구를 존중함으로써 연민으로 보듬고 사랑할 수 있을 것이다.

내가 글을 쓰는 이유

내가 가장 살아있는 순간은 글쓰기를 할 때다. 집중하고 몰입할 때 희열을 느낀다. 글이 잘 써지지 않아 생각을 오래 하느라 시간이 지나가더라도, 생각해 보면 그때가 가장 행복했었다. 세탁기에서 다 된 빨래를 꺼내 널며, 이놈의 집안일 지긋지긋해, 라고 나도 모르게 혼잣말했다가 설거지하면서 '글을 쓰던 그때가 가장 살아있고 행복한 순간이었지'라고 되뇌었다. 글을 쓰는 일이 해야만 하는 일이라 여겨졌을 때는 잘되지 않아도 어떻게든 해보려 노트북 앞에 앉아 있기도 했다. 글쓰기로 무언가를 이루지 못할 거라는 생각으로 좌절감이 들곤 했다. 그럼에도 집안일을 할 때와는 다르게 하얀 화면을 바라보던 그 순간이 가장 자유롭고 행복했다는 것을 깨달았다.

6월 중순, 해가 질락 말락 한 시간임에도 더운 공기가 훅 느껴지는 베란다에서 빨래를 널었다. 다섯 식구의 빨래는 매일 차고 넘쳤다. 하루라도 빨래를 돌리지 않으면 금세 바구니가 가득 찼다. 더운 날씨에 땀이 묻은 옷을 바구니 속에 담아두면 냄새가 났다. 우리 집 세탁기는 고생도 많지, 쉬는 날이 없으니.

빨래를 다 널고 베란다를 빠져나오니 설거짓거리가 나를 기다렸다. 둘째와 셋째에게 저녁을 먹이고 설거지했지만, 학원에 갔다 온 첫째의 늦은 귀가에 밥을 또 한 번 차려야 했다. 밥을 담은 그릇에 김치찌개를 덜어내어 비교적 설거짓거리가 많지 않았지만, 집안일이 연속적으로 이어지다 보니 부담으로 다가왔다. 설거지를 다 해놓고 돌아서면 싱크대에는 컵이 놓여 있다. 각자 물을 마시고 놓은 컵들이 하나둘 담긴다. 방학 때 엄마들이 '돌밥 돌밥'(밥을 하고 돌아서면 금세 또 밥할 때가 돌아온다는 뜻이다.) 하듯이 돌아서면 컵이 쌓인다. 못 본 척하고 뒤를 돌면 바닥에 뒹구는 물건들이 보인다. 장난감이며 떨어뜨려 놓은 수건이며 잡동사니들이 눈에 들어온다. 아이들에게 같이 치우자고 호소를 해보지만, 아이들 눈은 이미 TV 속 만화를 향해있다. 답답한 마음에 그만 보라고 소리쳐 보지만 결국 정리는 내 몫이다.

정리하고 허리를 펴 시계를 보니 밤 9시가 넘었다. 셋째의 잠투정이 시작된다. 며칠 전부터 잠잘 시간이 되면 "안 잘래 안 잘래."
를 무한반복을 한다. 눈은 감길 듯 말듯 한데 오는 잠을 떨쳐보겠
다고 소리를 지르며 몸부림을 친다. 셋째에게 "더 놀고 싶어?"라고
말하니 "응."하고 대답한다. 같이 누워 쉬고 싶은데 셋째의 잠투정
은 마치 인내심을 시험하고 있는 듯하다. 아이 옆에 누워 재우려고
하면 또 안아줘 외친다. 훌쩍 커 버린 셋째를 품에 안고 토닥인다.
잠투정하느라 땀을 흘려 이마와 머리가 축축하다. 아이의 머리카
락을 쓸어 넘기고 촉촉한 아이의 얼굴에 입을 맞춘다. 떼쓸 땐 꿀
밤 한 대 쥐어박고 싶다가도 품에 안겨 잠든 아이를 보면 마음 한
쪽이 아려온다. 아이의 감정을 알아주지 못하고 같이 짜증을 부린
것 같아 미안함이 밀려온다.

정리하고 아이들을 돌보면서도 글쓰기 생각이 간절했다. 오롯
이 나에게만 집중하는 시간이기 때문이다. 예전엔 반복되는 일상
에 어딘가 훌쩍 떠나고 싶은 생각이 들다가도 현실적으로 어려운
일이라 생각하면 좌절감이 들었다. 생각에 생각을 거듭한 결과 글
쓰기를 열심히 해야겠다고 마음먹었다. 지금 당장 할 수 있는 일이
기 때문이다. 비용도 들지 않고 멀리 나가지 않아도 된다. 육아와
살림을 하면서 시간과 경제적으로 제약이 있는데 글쓰기는 주부인
나에게 가장 적합한 일이다.

주부의 일 또한 가치 있는 일이지만 똑같은 일을 반복하다 보면 직장인처럼 번 아웃이 오기도 했다. 아무리 열심히 해도 인정받지 못하고 발전하고 성장하는 느낌이 들지 않았다. 누군가는 해야 하는 일이기에 버티며 하루를 보냈다. 살림에 재능을 발견하는 사람도 있지만, 나는 살림 외에 나만이 할 수 있는 일을 하길 원했다. 새로운 가치를 발견하고 나라는 사람도 괜찮은 사람이라고 스스로 입증해 보이고 싶었다.

글쓰기는 내가 미처 알지 못했던 나의 모습을 차츰 알게 해주었고 찾게 해주었다. 내 속에 있지만, 보이지 않았던 모습을 알게 됐다. 끈기 있고 성실한 나를 보았다. 누군가가 나를 인정해 주는 것도 좋지만 내가 나를 인정할 수 있어야 한다고 생각했다. 자신을 믿고 싶었다. 이 정도면 되지, 가 아니라 더 해보자, 그래도 해보자, 앞으로 가보자, 하고 마음을 먹었다. 결과를 내는 것도 중요하지만 글 쓰는 순간을 즐기고 싶다. 조급하게 마음먹지 않고 하루하루 최선을 다하려 한다. 꾸준히 하다 보면 얻어지는 깨달음이 누군가에게 도움이 되고 희망이 되리라 믿는다.

제 2 장

서로 사랑하는 줄
알았던 우리

아이만 잘 키우면 된다는 남편

띠리리리! 현관문이 열리는 소리가 들린다. 기대에 찬 표정으로 들어왔던 남편은 이내 표정이 굳어진다. 리모델링한 깨끗한 화장실을 사용할 생각에 기분이 좋던 남편은 생각한 대로 정리가 잘 안 되어있는 것으로 보이자 화가 난 듯했다. 주말에 화장실을 고치고 기분이 좋았는데 정리가 덜된 걸 보니 갑자기 기분이 확 바뀐 것 같다. 말 하나하나에 가시가 돋쳐있다. 더군다나 아이들이 목욕하고 난 직후라 물기가 고여있고 샤워용품들이 늘어져 있었다. 나는 남편이 오기 전 말끔히 정리해 놓고 싶었지만, 저녁 시간을 분주히 보내다 보니 마음처럼 되지 않았다. 남편이 퇴근하고 오면 다이소에서 사 온 물건으로 같이 화장실을 꾸밀 생각에 들떠있었다. 그런 내 기분은 아는지 모르는지 퇴근하고 오자마자 쓴소리를 내뱉으니 기운이 빠졌다. 남편이 물건을 보고 못마땅하니 같이 가서 고를 걸, 후회했다.

남편이 화장실을 둘러본다. 새로 단 거울장을 열어보더니 못 볼 걸 본 마냥 경악한다. 거울장 안에 수건을 넣어 놓았는데 서랍장이 비좁아 문을 여닫는데 수건 때문에 걸리적거렸기 때문이다.

"수건을 왜 여기 넣어! 왜 이렇게 했어!"
"안이 비좁은지 수건을 이렇게 놓고 저렇게 놓아도 정리가 잘 안됐어."
"이렇게 하면 되지!" 남편은 수건을 더 작게 말아 보였다.
"염병, 샴푸랑 바디 워시는 왜 여기다 다 늘어놨어! 생긴 대로 살지 말랬지!"

화장실 공사하느라 샴푸나 린스를 올려놓았던 선반을 안방 화장실로 옮겨 놓고 가져오지 않았다. 목욕용품을 새로 설치한 작은 선반에 한꺼번에 올려놓았다.

"선반을 아직 못 닦아서 거기에 올려둔 거야. 선반 닦은 다음에 정리할 거야! 그리고 말 좀 조심해서 해줘. 아무리 화가 나도 그렇게 말하지 마! 그리고 내가 사 온 물건이 마음에 안 들면 다시 반품

하면 되지 왜 화를 내! 이제 나 혼자 아무것도 안 사 올 거야!"

남편은 내가 사 온 샤워 커튼과 샤워 봉을 보더니 길이가 안 맞는다며 물건을 들었다가 다시 봉지 안에 툭 던졌다.

"이거 어디에 두라고 이렇게 많이 사 왔어!"
남편은 청소 솔을 왜 이리 많이 사 왔냐고 타박했다.

"이 긴 걸 어디에 두라고 지저분하게!"
여러 청소도구를 한꺼번에 걸어놓을 수 있는 고리를 보며 말했다.

남편은 맘에 안 드는지 자신의 방으로 가 눕는다. 나는 낮에 사온 물건을 맘에 안 들어 하는 남편이 신경 쓰였다. 같이 가서 알맞은 걸로 바꿔오자고 했지만, 남편은 계속해서 "싫어."라고 말했다. 몇 번이고 말해도 들은 척도 하지 않고 바닥에 누워 꿈쩍도 하지 않았다. 나는 방에 누워있는 남편에게 나의 감정과 욕구를 담아 이렇게 말했다.

"나는 어제 당신이 다이소 가서 필요한 거 알아서 사 오라 해서 그렇게 했어. 내 맘대로 정리하려다가 당신이 맘에 들어 하지 않을 것 같아서 포장도 뜯지 않았다고. 나름 잘 골라 사 왔다고 생각했어. 당신이 맘에 들어 할 줄 알았는데 퇴근하고 오자마자 화를 내니 실망했어. 신중하게 골랐는데도 커튼이랑 커튼 봉 길이가 안 맞으니 나도 아쉬워. 그런데 어쩔 수 없지. 같이 가서 바꾸고 당신 원하는 걸로 사 왔으면 좋겠어."

남편은 계속된 나의 설득에 같이 가려는 듯했지만 셋째 아이가 징징대니 어떻게 가냐고 나무랐다. 만약 남편이 나의 말에 "신중하게 골라 사 왔는데 내가 화를 내니 속상했어? 나는 딱 맞는 것을 사 오길 원했는데 안 맞아서 어제 내가 사 올 걸 후회했어. 일단 사 온 것 중에서 필요한 것만 사용하고 나머지는 내일 반품하고 올래? 주말에 같이 가서 사 오자."라고 말해주었더라면 어땠을까?

설거지하던 중 부스럭부스럭 소리가 들려온다. 방에 누워있던 남편이 다이소 봉투를 뒤적거리더니 선반을 꺼내 화장실에 설치한다. 이걸 어디에 놓느냐고 으름장을 놓더니, 세면대 옆에 붙여놓았다. 청소용 솔도 왜 이리 많이 사 왔냐고 하더니 집에 있던 고리 하나를 변기 바로 옆에 붙인 후 걸어놨다. 남편은 겉으로 보이는 게 싫었던 모양이다. 안쪽에 걸어놓으니 깔끔해 보였다.

남편에게 화를 내지 않고, 오로지 내 감정을 말했기 때문일까?

남편은 화냈던 것이 미안했던지 내가 사 온 물건을 다시 살펴보았다. 화가 난 마음을 가라앉히고 다시 살펴보니 사용할 수 있는 물건이 보였던 듯하다.

"으… 지저분해!"
남편이 거실 화장실을 정돈한 후 안방 안에 있는 화장실을 보며 말했다. 거실 화장실에 놓을 선반을 옮겨 놓지 못해 안방 화장실에 그대로 두었더니 안 그래도 작은 화장실이 더 너저분해 보였다.

"당신 퇴근하고 집에 오기 전에 선반 닦아서 거실 화장실에 옮겨 놓으려 했는데 못 했어. 저녁에 밥해서 애들 먹이고 정리하느라 못하겠더라고." 나는 남편의 말에 상황을 설명하느라 애썼지만 변명 아닌 변명이 되어 버린 것 같다.

"그럼, 아침에는 뭐 하는데?!"
"… 책 읽고 하고 싶은 거 하지…."
목소리가 점점 작아진다. 자신 없어지는 마음은 왜일까.
글을 쓴다고 말하지 못하고 책을 읽는다고 얼버무렸다. 또 남편이 집에 있는 사람이 자기 할 일도 하지 않고 밖에 싸돌아다니냐고 말할 것 같아 대충 이 상황을 넘기고 싶었다.
남편은 평소, 아직 셋째가 어리니 애들 다 클 때까지 하고 싶은 거 있어도 참으라고 말해왔다. 엄마면 엄마답게 아이들에게 집중하고 청소도 잘해야 한다고 말했다. 남편의 생각대로 집 안 정리가 잘 안되어있을 때마다 "내가 일하는 노예지. 내가 애들 보고 살림할 테니 네가 나가서 돈 벌어와."라고 말했다. 남편이 일하느라 힘들고 집에 와서까지 신경 쓰고 싶어 하지 않는 마음은 이해하지만, 자꾸만 역할을 구분 짓는 것 같아 아쉬운 마음이 든다. 혼자서 모든 것을 다 해야 한다는 생각에 버겁게 느껴진다. 육아와 살림은 도와주는 게 아니라 부부가 같이하는 거라는 말에 늘 반감을 갖는 남편이다. 나는 나만의 시간을 보장받고 싶은 마음을 겉으로 드러내지 못하니 답답하다. 남편이 이런 나의 마음을 이해할 수 있을까? 남편도 남편만의 시간이 있을까?

집안일과 직장 일을 비교할 수 있을까? 집안일 자체가 힘든 것은 아니다. 집안일과 육아가 동시에 이루어지고 아이들이 어릴수록 시간을 지켜 계획적으로 할 수 없어 힘이 든다. 셋째가 어린이집에서 돌아와 밤에 잠이 들 때까지 여러 일들이 몰아치며 다가온다. 잠이 들 시간이면 녹초가 되어 버린다. 아이들이 모두 잠든 후 책을 보든 글을 쓰든 혼자만의 시간을 갖고 싶어 피곤한 몸으로 책상 앞에 앉아도 봤지만, 체력적으로 받쳐지지 않으니 어렵게 앉은 책상에서는 아무것도 할 수 없어 결국 잠이 들곤 했다. 남편과의 갈등을 피하려고 '힘들어도 내가 하고 말지'라고 생각했지만, 가사 노동은 끝없이 반복해야 하는 것이기도 하고, 본인의 업무를 책임져야 하는 직업인과는 달리, 아이를 키우는 것에 대해 함께 의논하고 소통하고 싶다는 생각이 간절하다.

『태도에 관하여』에서 저자는 '가사 분담은 한 가정에 대해 부부로서 책임을 함께 지는 문제이자 가정 자체가 불행해지는 것을 막기 위한 것'이라 말한다. 우리 가정은 남편과 나, 둘이 같이 구축한 세계로 우리가 더럽힌 것, 먹는 것, 우리가 낳은 것, 모두 우리가 직접 앞가림해야 한다고. 가사 일을 직장 일과 비교할 수 없다. 가정은 우리가 만든 것이기에 함께 책임져야 한다는 말이, 가사 분담해야 하는 이유로 설득력 있게 다가온다.

내가 글을 쓰는 이유는 엄마이자 아내이기 이전에 전업주부 이전에 나라는 한 사람을 찾는 것이다. 살림과 육아만이 내 인생을 차지하지 않길 바라는 마음이다. 엄마이자 아내인 나의 소중한 역할을 포기하겠다는 것이 아니다. 남편과 내가 한 사람으로 자신의 자리에 있을 때, 그리고 서로 깊이 있는 이해와 동등한 시선으로 바라봐 줄 때, 진정한 의미의 가사 분담이 이루어질 수 있을 것으로 생각한다. 남편도 육아와 살림에 함께 하면서 아이들과 소통하며 가까워질 수 있다. 서로의 시간을 위해 조율해 나가는 과정이 필요하다. 육아와 살림을 하면서 틈틈이, 그리고 남편의 도움을 받아 자기 계발의 시간을 가지게 되면, 엄마 자신을 독립적인 하나의 개체로 바라볼 수 있을 것이다. 나는 글을 쓰며 엄마와 아내로서의 나가 아닌, 또 다른 나를 발견할 수 있었다. 자녀들도 집안일과 양육에 함께 하는 부모의 모습을 보며 자연스럽게 '함께'라는 가치를 알아가게 되었다. 가족은 함께 성장해 나간다.

도대체 남편이란 사람!

"조끼 좀 입혀 재우라니까."

셋째가 주말 동안 콧물이 줄줄 흐르더니 쉴 새 없이 기침을 해
댔다. 단순히 콧물이 뒤로 넘어가 기침을 하는 것으로 생각했지만,
밤이 되자 열이 났다. 밤새 기침하느라 자다 깨다 반복했다. 해열
제를 먹이고 재웠지만, 아침이 되어서도 여전히 열이 내려가지 않
았다. 기침이 그치지 않았다. 일요일에 여는 병원을 찾느라 이곳저
곳 전화를 해 진료가 가능한지 알아봐야 했다. 아침 일찍 나갔다
들어온 남편은 바로 진료가 가능한 병원이 없자 답답해했다. 급기
야 짜증을 내기 시작했다.

"보리차나 꿀물 좀 타 먹이라니까! 조끼 좀 입혀 재우라니까 말

도 지겹게 안 듣네."

환절기라 감기로 병원을 찾는 사람이 많아 바로 진료를 볼 수 있
는 병원을 찾지 못했다. 미리 접수해 둔 병원 진료 시간을 기다려
야 했다. 진료 시간까지 두세 시간이 남아 계속 이곳저곳 알아보
았다. 동네에 있는 병원에서도 일요일 진료를 보아 급히 가보았지
만 대기 환자만 50여 명이 넘었다. 이미 접수도 끝난 상태였다. 어
쩔 수 없이 접수해 둔 병원의 진료 시간을 기다려야 했다. 나는 그
동안 아이들 점심을 준비했다. 점심 준비가 끝나 시간이 약간 여유
로운 듯했다. 점심 먹을까? 라고 하니 남편은 왜 지금 밥을 먹냐고
빨리 가야 한다고 말했다. 나는 남편의 말에 서둘러 아이에게 점퍼
를 입히고 가방을 챙겼다. 남편은 아이의 증상과 나의 굼뜬 행동에
답답해했다.

"생활비를 주지 말아야지, 내가 답답한 만큼 너도 답답해 봐야
지."

그의 말에 내 기분은 바닥까지 내려가고 만다. 아이가 감기에 걸
린 것과 생활비가 어떤 연관이 있는 것인지, 생활비를 주지 않을
남편은 아니지만 내 마음은 생활비를 받지 못할 것 같은 불안에 싸
이고 만다. 아이가 아픈 것이 내 탓인 것으로 말하는 것도 서러운
데, 생활비까지 주지 않는다니 앞이 깜깜했다. 누구를 믿고 살아갈

지 걱정이 되었다. 남편에게 의지하며 살아가는 내가 한심하기까지 했다. 현실을 부정해 보아도 변화되지 않을 것 같은 상황에 좌절감이 밀려온다. 아픈 아이를 돌보느라 지치고 힘든 마음을 보상받지 못하고 아픈 아이를 그냥 보고만 있다고, 자기밖에 모르는 이기적인 엄마라 말하는 남편이 미웠다.

내가 아픈 아이 옆에서 같이 자느라 자다 깨다 할 때 남편은 피곤하지는 않은지 물어보지 않는다. 그때도 역시나 이렇게 말한다.
"보리차 좀 끓여 먹이라니까, 우유 좀 데워 먹이라니까, 애 좀 잘봐야지 뭐 하는 거야."
가뜩이나 몸도 피곤한데 잔소리를 듣고 싶지 않아 남편을 깨우지 않으려 어떻게든 아이를 다시 재워보려 애쓰는데도 남편은 자신만의 생각과 감정만이 중요할 뿐, 내가 얼마나 힘든지, 기분이 나쁜지 생각하지 않는다. 나는 아이들을 생각해서 밀려오는 부정적인 감정과 생각을 꾹꾹 누르고 참아본다.

아이에게 기침이나 콧물 등의 증상이 보일 때 남편은 특히 더 예민해진다. 계속 코를 풀다 보면 코 밑이 헐거나 피부가 까칠해지기도 하는데 그럴 때마다 남편은 엄마 닮아 비염이 심하다고 말한다. 감기에 걸린 아이가 걱정되어 한 말인 것은 알지만, 아이가 아픈 것이 내 탓이라고 말하는 것 같아 기분이 좋지 않았다. 마치 책임을 다른 사람에게 떠넘기는 듯 느껴진다. 다른 사람 탓을 한다 해도 그 걱정이 줄어들거나 사라지는 것이 아닌데. 걱정되는 그 마음을 알아도 남편의 말은 상처가 된다.

남편이 S(감각) 유형 이어서일까? 아이의 증상이 보이는 지금, 당장 해결하지 못해 답답한 마음이 느껴진다. 감기 증상을 낫게 하는 여러 방법을 시도해야 하는 남편에게는 아픈 아이를 토닥이고만 있는 내가 아이를 위해 아무것도 하지 않는 것으로 본다. T(사고)가 강한 남편은 자신이 알고 있는 방법대로 내가 알아서 해주길 바란다. 자기의 경험대로 아이에게 꿀물을 먹이거나 따뜻한 물을 먹여야 한다. 남편의 말대로 하지 않으면 말 좀 잘 들으라고 화를 낸다. 엄마라면 당연히 그와 같은 방법으로 그렇게 해야만 한다는 생각이 무척 강한 것 같다.

남편과 달리 N(직관)이 강한 나는 지금의 모습을 걱정하며 탓하지 않는다. 남편이 보기에 감기를 낫게 하는데 아무런 조치도 취하지 않는 것으로 보여 신경이 쓰인다면, 나는 증상을 완화 시키는 방법을 제안해 주길 바란다. 지금 힘들더라도 아이를 재운 후 아침이 됐을 때 아이를 병원에 데려가면 된다고 생각한다. 약을 먹으면 오래 지나지 않아 증상이 나아질 거라 믿기 때문이다. 남편이 나를 탓하지 않고 남편 본인이 해주었으면 좋겠다. F(감정)가 강한 나는 아이의 감기 증상보다 남편의 기분과 말 한마디가 더 신경이 쓰인다. 송곳으로 가슴을 찌르는 듯한 느낌이 들어 괴롭다. 내 존재를 부정하고만 싶어진다.

　남편의 뜻대로 하지 않을 때 남편은 내가 자신을 무시한다고 생각한다. 수용 받지 못하는 것으로 느껴질 때 남편의 분노 덩어리는 점점 불어난다. 수용 받지 못하면 불안한 것일까? 자기의 생각을 강하게 밀어붙이는 판단형(J) 남편과 상대의 말 한마디로 이리저리 흔들리는 인식 형(P) 아내가 만났다. 남편의 말에 마음이 갈기갈기 찢어지는 듯해 남편을 미워하고 원망도 해보았다. 그런 내가 MBTI를 공부하고 나와 다른 남편을 이해하기 시작했다. 남편과 내가 부딪히는 이유는 서로 다르기 때문이라는 것을 알게 되었다. MBTI는 나 자신과 남편을 이해하기 위한 도구로 선물처럼 내 인생에 그렇게 다가왔다.

남편에게 건넨 자기계발서

　결혼 전 남편에게 한비야의 『지도 밖으로 행군하라』라는 책을 선물했다. 남편에게 이 책을 건넨 이유는 남편이 미래에 관심을 가지고 도전하기를 바라서였다. 결혼 후 남편과 함께 여러 가지를 도전하며 모험적으로 살기를 원했다. 저자가 해외를 돌아다니며 여행이나 봉사하듯이 남편과 나의 삶에도 모험과 도전이 가득하기를 바랐다. 함께라면 가능할 것으로 생각했다. 이런 내 생각을 책으로 전달했었다.

　N(직관)이 강한 나는 현실보다 미래에 관심이 많았다. 지금의 힘든 상황을 견디게 하는 것이 미래에 대한 희망이었기 때문이다. 결혼을 통해 이상을 실현하고 싶었던 나는, 결혼의 현실적인 면에 대

해 알지 못하고 무작정 책을 건넸다. 이와 반대로 S(감각) 기질을 가진 남편은 현재 주어진 대로 만족하며 넘치지 않게 살면 된다고 생각해 왔다. 왜 주는지 묻지도 않고 아무 말 없이 받아 든 남편은, 현실을 생각하지 못하는 것 같아 달갑지 않아 했다.

원가족 내에서 벗어나고 싶지만, 벗어나지 못했던 나는 결혼으로 또 다른 세상을 만나기를 꿈꿨다. 가족 안에서 실현하지 못했던 것들을 남편과 함께 이루고 싶었다. 그런데 결혼 후 마주한 현실은 그렇지 않았다. 새로운 경험을 원했지만, 남편은 현재의 삶이 더 중요한 듯했다. 시댁 일을 도와드리는 것이 일상인 남편은 현 가족과 원가족 사이에서 다소 구분이 모호한 것처럼 느껴졌다. 남편과 결혼했지만, 남편이 포함된 가족 속에 내가 빈틈을 비집고 들어간 것 같았다.

하루 이틀 할 것 없이 시댁에 가서 저녁을 먹었고, 집에서 먹을 반찬들을 싸주시곤 했다. 시부모님께 많은 도움을 받았다. 외벌이인 우리 가정이 살아가는 데 있어 시댁의 도움은 피할 수 없었다. 그런 면에서 늘 감사하지만, 남편과 나의 가정을 생각했을 때 부모님과 완전한 분리가 되지 않은 느낌이었다. 시부모님도 내 부모님이라 생각하며 가깝게 지내는 것은 좋았지만, 며느리로서의 기대가 있는 남편의 시선이 부담스러웠다. 시부모님이 아닌 남편이 나를 자신만의 기준으로 평가하고 판단하고 있다는 생각이 들었다. 도움을 받는 만큼 잘하길 바라는 남편은 그 기대에 못 미치는 나를 보며 실망했다. 사사 건건 부딪히게 되면서 마치 내 편은 없는 듯 느껴졌다.

 시부모님과 남편과 나의 가정을 구분 짓는다 해서 부모님과 멀리하려는 것이 아니다. 현 가족에 대한 중요성을 말하고 싶은 것이다. 독립과도 같은 의미로 생각할 수 있다. 부부가 하나의 마음을 가지고 한 방향을 바라보아야지 시부모님과도 건강한 관계를 유지할 수 있다고 생각한다. 남편과 부부로서 한마음으로 살아가길 바랐지만, 남편은 나와 함께 뜻을 맞추기보다 자신의 부모님께 마음이 더 가까이 있는 듯했다. 부모님께 무언가를 해드리기보다 받기만 하는 것이 죄송스러웠던 걸까? 그 마음이 나에게로 향해 나를 탓하는 듯 느껴졌다. 나를 탓하는 이유는 부모님께 해드리지 못하는 남편 자신을 부끄럽게 여기고 있기 때문일까? 남편에게 나는, 받는 것에 감사할 줄 모르고 해드려야 하는 것도 모르는 이기적인 며느리였다. 남편은 해드리지 못하는 죄송함에 부모님의 농사일을 도와드림으로써 그 마음을 해소하고 싶은 것 같았다.

 다세대 가족 치료자 머레이 보웬은 개인의 독립과 성장을 위해서 가족 구성원 간의 감정적 분화가 일어나야 한다고 주장한다. 분화가 감소하면 개별성은 잘 발달 되지 못하며 연합성의 욕구는 더 강해진다. 분화가 감소할 때 관계에서 불안이 발생할 가능성이 점차 증가한다. 분화가 낮아지면 독립적이기보다 의지하고 싶은 욕구가 커진다. 반면에 분화가 잘 될수록 개별성은 높아지고 연합성은 낮아진다. 자기 스스로 책임질 수 있고 다른 사람을 비난하지 않는다. 관계에 휘말리지 않고 자기 삶을 효과적으로 관리할 수 있다. 타인에게 의지하지 않고도 자신이 원하는 삶의 방향으로 나아갈 수 있다.

현 가족에게 집중하는 것은 원가족과 정서적 거리를 두는 것으로 가능하다. 정서적으로 건강하게 거리를 둘수록 관계에서의 불안이 낮아져 독립적인 한 사람으로서 자신의 현 가족을 건강하게 이끌어갈 수 있다. 자녀 양육의 최종 목표가 자녀의 건강한 독립이 되어야 하는 것처럼 부모 자신이 먼저 원가족과 정서적으로 독립된 한 사람으로 설 수 있어야 한다. 독립된 두 사람이 만나 가정을 이룸으로 개별성은 높고 연합성은 낮은, 분화가 잘 된 자녀로 성장시킬 수 있다.

현 가족이 건강하게 살아가기 위해서는 '나'라는 한 사람을 먼저 정립해야 한다. 나는 어떤 가정에서 태어나 어떤 환경에서 자라났고 부모님에게 어떤 영향을 받아왔는지 지금의 나의 모습과 비교해 보며 진짜 내 모습을 찾아갈 수 있어야 한다. 남편은 부모님에 대한 미안한 마음을 갖고 있는 것일까? 남편에게 부모님이 큰 의미로 존재하고 있는 걸까? 그것이 남편에게 짐이 되었던 것은 아닐까 생각해 본다. 그런 남편을 보면 안쓰러우면서도 남편과 내가 같은 방향을 바라보지 못하고 살아가는 것 같아 아쉬운 마음이다.

나는 남편에게, 남편과 내가 부부로서 독립된 하나의 가정으로 인식되길 바란다. 남편과 내가 단단한 마음으로 우리의 가정을 꾸려가길 원한다. 우리에게 그런 변화가 있어야 한다고 생각한다. 부모님이 주시는 도움에 감사한 마음을 가지고, 그 마음을 함께 나눌 수 있었으면 좋겠다. 그러기 위해서는 남편과 내가 서로를 판단하거나 비판하지 않고 존중하는 대화를 할 수 있어야 할 것이다. 건강하게 소통하면서 미래를 계획하고 그릴 수 있기를 바란다,

두 아이가 만나 결혼을 하다

"이젠 떼쓰지 않을 나이가 되지 않았어?"

흔히들 어른들이 아이들에게 하는 말이다. 나는 남편과 나에게 이렇게 되묻고 싶다.
"이젠 좀 서로를 이해할 때가 되지 않았어?"

여느 날처럼 평범한 저녁, 남편의 잔소리로 먹던 밥도 뱉어내고 싶을 만큼 밥맛이 떨어졌다. 나는 낫토를 먹다 문득 달걀노른자를 넣어 먹으면 맛있을 것 같았다. "낫토에 달걀노른자 넣어 먹기도 하지 않아? 그런데 흰자는 어떻게 하지?"라고 하자 옆에 있던 큰아이가 달걀 프라이 해 먹으면 되지. 라고 말했다. 그러자 남편은 "나

중에 달걀 프라이 할 때 해 먹어. 흰자 따로 그릇에 놓고 언제 해 먹으려고."라고 말했다. 나는 달걀을 가지러 가려고 일어났다가 다시 앉아버렸다.

'해 먹으면 어때, 그리고 내가 먹고 싶다는 데 굳이 먹지 말라고 하는 건 또 뭐야,' 라는 말을 미처 하지 못하고 마음속에 되뇌이고 있었다. 밥을 먹고 나서도 남편의 제지가 이어졌다. 빨래통에 빨래가 가득 차 평소대로 옷과 양말을 분리해 일반세탁기와 소형세탁기에 나눠 놓았다. 빨래를 다 넣고 베란다 문을 열려는 순간 남편이 말했다.

"빨래를 그렇게 가득 넣으면 빨래가 되겠어?"

남편은 빨래를 다시 끄집어냈다. 나는 계속된 잔소리와 지적에 화가 났다.

"자꾸 그렇게 지적하면 피곤해. 빨래를 깨끗하게 돌리고 싶은 마음은 아는데, 진짜 나도 피곤해. 아이 셋 돌보랴 밥하랴 설거지하랴 바쁘고 힘든데 짜증 내는 말을 들으면 더 힘들어."

내 말에 화가 난 남편은 자신의 방으로 들어갔다. 나는 남편에게 다가가 말했다.

"말 좀 예쁘게 좀 해줘. 긍정적으로 말하면 긍정적인 에너지가 나와서 행복해. 이젠 좀 상대방 입장도 생각해 줄 수 있는 거 아니야? 상식적으로 말이야. 당신 회사에서도 그렇게 말해?"

내가 원하는 바를 전달하려 했는데 무심코 남편의 자존심을 건드리는 말이 튀어나왔다.

그러자 남편은 이렇게 대꾸했다.

"그럼 그따위로 행동하는데 어떡해? 빨래를 가득 넣는 게 상식적이야? 비상식적이지."

더 이상 대화를 이어갈 수 없었다. 남편의 욕구만 들어주면 되는데 이날은 유독 기분이 나빴다. 상대를 배려하지 않는 말들이 가슴에 콕콕 박혔지만 큰 싸움을 막기 위해 먼저 말을 멈출 수밖에 없었다.

집안 상태를 늘 예의주시하는 남편이 이해되지 않을 때가 종종 있다. 지적을 할 수는 있지만 어쩜 상대방의 입장을 생각지 않는 것 같은지 도통 남편을 잘 모르겠다. 잔소리만이 공중에 떠다닌다. 분명 사람이 말을 하는데 그 사람은 안 보이고 잔소리만이 떠다니며 나를 쫓아다니는 것 같다. 그런 남편을 이해하려고 하면 할수록 남편이 어릴 적 시부모님의 모습을 떠올리지 않을 수가 없었다. 남편이 잔소리하고 지적을 해대는 것처럼 부모님이 남편에게 지적을 많이 했던 것인지, 이해받거나 수용 받기보다 비난 섞인 말들을 많이 들어왔던 것인지. 어떻게 하면 정말 공감을 할 수 없는 것인지 궁금할 지경이었다. 시부모님 이야기는 남편이 정말 듣고 싶어 하지 않는 이야기인데, 남편을 이해하기 위해선 어쩔 수가 없다. 결코 비난하고자 하는 것이 아님을 이해해 주었으면 좋겠다.

남편의 내면엔 귀를 막고 있는 어린아이가 있는 것 같다. 다른 사람의 이야기를 듣고 싶어 하지 않는 것으로 보인다. 특히 자신의 원가족 이야기는 더더욱 듣거나 말하고 싶어 하지 않는다. 쉽게 판단할 수 없지만, 조심해야 하니 대화 소재가 많지 않다. 남편과 나는 많은 것들을 숨기고 있는 것처럼 느껴진다. 단둘이 있어도 서로 침묵하고 있을 때가 많다. 침묵이 부담스럽거나 정적처럼 느껴지지는 않는다. 불편하지는 않지만, 대화를 자연스럽고 재미있게 친구처럼 나눌 수 없다는 아쉬움이 있다. 어떤 이야기든 남편과 재미있게 이야기를 나누며 시간을 보내고 싶지만, 그것이 어색한 것인지, 할 이야기가 없어서인지 그 마음을 잘 모르겠다. 남편과 일상적인 이야기를 많이 나누고 싶지만, 비난 섞인 이야기들이 들려오지는 않을까 지레 겁을 먹게 된다.

남편의 내면 아이를 떠올리면 온통 사방으로 꽉 막힌 벽 안에 아이가 숨을 죽인 채 귀를 막고 쭈그리고 앉아 있을 것만 같다. 듣고 싶지 않은 말들을 밀어내려 귀를 막아 보지만 틈새를 비집고 들어오는 말들을 어찌할 수가 없어 울고 있을 듯하다. 원가족 이야기를 불편해하는 남편이기에 대화로 남편의 내면 아이를 만나고 싶어도 만날 수 없었다.

　내 안에도 웅크린 어린아이가 있다. 겁 많고 눈물이 많은 어린아이가 내 안에 있다. 햇수를 셀 수 없을 만큼 많이 울었다. 가족들이 내 마음을 알아주지 않으면 울분을 토했다. 부모님은 그만 울라며 울 일도 쌔고 쌨다고 말했다. 아이에게 혼을 내면 울던 아이가 더 많이 울듯이 운다고 뭐라 하면 멈출 수 없었다. 그래서 유독 아이들이 운다고 혼이 날 때 마음이 아프다. 감정을 무시당해 아이들이 마음의 문을 닫을까 겁이 난다. 고개 숙이고 울고 있는 어린아이가 아이들 마음에 머물러 있게 되지는 않을지 걱정이 된다.

　남편과 나는 어른이 되지 못한 채 결혼해 아이를 낳았다. 아이가 아이를 낳았다. 어린아이인 자녀의 마음속에도 자라지 못하고 웅크린 어린아이가 있다. 그 아이를 성장시키려면 부모의 부단한 노력이 필요하다. 인정과 수용이라는 양질의 사랑을 주어야 한다. 그 안엔 부부간의 존중과 사랑이 포함되어 있다. 부부간의 사랑과 신뢰는 아이들에게 안정감을 준다. 아이들은 부모의 불안을 흡수한다고 한다. 부모가 느끼는 감정들이 그대로 아이들에게 전달되는 것이다. 아이 내면의 어린아이가 몸과 함께 성장해 나가기 위해선 부모의 아낌없는 사랑과 존중, 수용이 있어야 한다. 나는 바란다. 남편과 나의 마음속 어린아이가 자녀들과 함께 성장해 나가기를.

우는 게 어때서?

    첫째 아이가 친구와의 사이가 틀어져 이불 위에 누워 울고 있었다. 남편은 아이가 왜 우냐고 물었다. 그 이유를 듣자마자 왜 그 아이 때문에 우냐고 화를 냈다. 부모가 죽었냐고 세상이 무너졌느냐고 말하며 아이의 아픔을 아주 작고 아무것도 아닌 것으로 취급했다. 아이는 남편의 호통에 숨이 끊어질 듯 헐떡이며 울기 시작했다. 남편의 언성이 높아지자, 아이는 더 크게 울었다. 더 크게 울수록 남편의 호통은 더욱 커져만 갔다. 나는 그만하라고 아이가 진정하는 게 먼저라고 말하고는 간신히 아이를 남편과 띄어놓았다. 아이는 쉬지 않고 울었던 탓인지 머리가 아프다고 두통을 호소했다. 약을 먹고 겨우 잠이 들었다.

호흡곤란이 올 것처럼 정신을 차리지 못하고 울던 아이를 보니 가슴이 아려왔다. 우는 아이에게 왜 우냐고 다그치는 순간 우는 이유를 말하지 못하고 더 크게 우는 아이를 보며 마음이 아팠다. 남편의 어린 시절, 남편이 아이를 혼내던 것처럼 울 때마다 부모님에게 크게 혼이 났던 걸까? 남편의 마음속 어린아이도 울고 있어 울고 있는 큰아이에게 투사가 되었던 것일까?

남편이 어린 시절 유난히 많이 울었다던 시댁 어른들의 말이 생각이 났다. 시댁에 걸려있는 남편의 유치원 졸업사진 속 7살 아이는 똘망똘망해 보이는 시동생의 유치원 졸업사진에 비해 침울해 보였다. 큰 눈이, 울듯 말듯 한 표정을 짓고 있다. 나의 어린 시절을 돌이켜 보면 어린 나도 많이 울었다. 앨범 속 어린아이는 또렷하지 않고 흐릿해 보였다. 체육활동을 하는 모습이나 시장 놀이를 하는 모습이 담긴 사진 속에서도 그 어린아이는 역시나 무표정이었다. 유치원 졸업식 때 찍은 단체 사진 속에서도 나의 어린아이는 즐겁지도 슬프지도 않은 표정으로 앉아 있었다.

나는 남편에게, 아이에게 친구 문제는 어른들이 생각하는 세상의 문제만큼이나 큰 것이고, 그게 아이의 세상이라고 말해주었다. 그러니 아이가 울 때 혼을 내지 말라고, 아이가 부모 앞에서 울지 어디 가서 울겠냐고, 자꾸 혼을 내면 아이가 부모에게 더 이상 자신의 이야기를 하거나 의지하지도 않을 거라고 말이다. 아이에게 무슨 일이 생겼을 때 아이가 혼이 날까 숨긴다면 어떡할 거냐고 말했다. 남편은 조곤조곤 따지는 나의 말에 화가 나 방문을 닫아 버렸다.

아이는 그때의 사건으로 인해서인지 밤마다 두통을 호소했다. 진통제를 먹고 머리를 마사지해 줘야 잠이 들었다. 아이는 간혹 아빠가 화가 날 듯하면 이렇게 말하곤 한다.

"나 이쁘지, 내가 제일 예뻐."

남편은 아이의 의도를 알아차리지 못해 아이가 엉뚱하다는 듯 말한다. 나는 당신이 화가 나 보이니까 당신 눈치 보면서 분위기 전환을 위해 저렇게 말하는 거라고 말했다. 어느새 아이가 아빠의 눈치를 보고 행동을 하는 것이 보였고 당차던 아이가 주눅이 든 모습이 보이면 마음이 아팠다.

아이들은 자신의 마음을 거절당할수록 더 많이 운다. 그럼 운다고 또 혼이 난다. 아이들은 왜 혼이 나야 하는지 왜 우는 것이 나쁘다고 하는지 그 이유를 알지 못한다. 남편도 왜 우는 아이를 혼내는지 왜 울면 안 되는지 그 이유를 알지 못하는 것 같다. 남편이 우는 아이에게 혼을 내거나 아이들의 말이나 행동에 그러면 안 된다고 다그칠 때마다 아이들의 내면이 상처로 가득하게 될지 걱정이 된다. 더 이상 아이들을 아프게 하지 말았으면 좋겠다.

  남편은 아이가 울거나 떼를 쓸 때 어딘가 불편해 보인다. 나는 아이들이 울 때 자신의 마음이 어떤지 들여다보길 바란다. 어린 시절 운다고 혼이 났던 적이 있는지, 혼이 났던 적이 있다면 그때의 그 어린아이가 어떤 마음이었을지 생각해 보았으면 좋겠다. 넘어져 다치면 연고를 바르고 시간이 지나면 새살이 돋아 회복되지만, 마음엔 반창고도 붙일 수 없고 약도 먹을 수 없어 그대로 두면 회복이 되지 않는다. 생각하지 않으려 애를 쓰거나 시간이 지나 잊어버리게 된다. 하지만 어떤 순간에 그 상처가 어떻게 드러날지 알 수 없다. 어떤 상황으로 인해 갑자기 화가 치밀어 분노로 표현이 될 수 있다. 그런 순간을 넘어가지 말고 자신을 돌아보고 그 이유를 분석해 볼 수 있기를. 나는 남편의 어린 시절, 그 어린아이의 마음이 궁금하다.

내향형 부부가 살아가는 법

　나는 남편과의 침묵이 어색하지 않다. 다만 부부 사이에서 소통의 즐거움을 느끼지 못한다는 아쉬움이 있다. 일상적인 것에서부터 진지한 이야기까지 대화로 서로의 생각을 나눌 수 있으면 좋을텐데, 우리는 논의해야 할 것이 아니면 거의 마주 앉아 이야기하지 않는다. 이날도 마찬가지로 차 안엔 라디오에서 흘러나오는 음악만이 우리 사이를 채워주었다. 시댁에 온 어느 날 밤 셋째를 재우고 아이들을 부모님에게 맡긴 후 남편과 함께 차를 타고 밖으로 나왔다. 마트를 구경하고 동네를 차로 빙 돌며 시댁으로 돌아오는 동안 우리는 말 한마디 하지 않았다. 싸워서가 아니다. 우리에게 침묵이 익숙하고 당연할 뿐이다.

남편 또한 회사 생활이라든지 어떤 생각을 하고 있다든지 이야기를 먼저 꺼내는 편이 아니어서 내가 먼저 이런저런 이야기를 꺼내야 했다. 나의 이야기에 반응이 없을 때도 있다. 자신의 이야기를 하는 법을 몰라서인지, 혹은 부부 사이에 어떤 말을 주고받아야 하는지 알지 못해서인지 단둘이 있을 때 꺼내는 남편의 이야기는 듣고 싶지 않을 때가 종종 있다. 부부는 그 어떤 관계보다도 가장 친밀하고 가까우므로 어떤 이야기도 다 주고받을 수 있지만, 소통하는 법을 잘 알지 못하니 헐뜯거나 탓을 하는 등 공격적인 말이 오가곤 한다. 상대의 생각을 들어주기보다 내 마음이 우선인 것처럼 느껴질 때가 있다.

둘째 아이가 핸드폰 잠금 화면의 패턴을 잊어버려 다시 핸드폰을 세팅해야 했다.

"이거 못 고치면 엄마가 사줘야지, 내가 고치면 넌 뭘 해줄 건데?"

남편이 아이의 핸드폰을 만지며 말했다. 도움을 받기 위해서 무엇을 해야 한다는 조건이 있어야 한다고 생각하는 것일까? 대가 없이 무엇인가를 해주는 것이 불편한 듯 보였다.

아이들에게 필요로 한 것이나 내가 요구하는 것을 들어줄 때마다 남편이 넌 나에게 뭘 해줄 건데? 라고 말을 한다, 셋째 아이에게 약을 먹일 때도 이거 먹으면 아이스크림 사줄 거야. 안 먹으면 언니들만 사줄 거라고 한다. 나 또한 같은 방식으로 아이들에게 줄곧 말하게 된다. 해결해야 할 문제가 있을 때 빨리 처리해야 한다는 강박관념 때문일까, 농사를 지으시는 시부모님이 식사도 일도 쉼이 없이 하시는 것처럼, 차분히 설득하기에는 답답한 마음이 우선이었기 때문으로 보인다. 삶에 여유보다 일이 우선이어서일까, 말속에도 급함을 느낀다.

남편은, 농사짓고 부모님을 모시며, 거기에 자식들까지 건사하며 힘들게 고생하시며 살아오셨을 부모님을 가장 가까이서 지켜봐왔다. 그런 부모님을 자신까지 힘들게 하고 싶지 않았던 것일까. 부모님을 위해 참아왔던 날들을 보상받고 싶은 것일까? 자신의 가정이기에 마음대로 해도 된다는 생각 때문일까? 마음에 불편함이 있거나 상대방이 불편해할 때 참기보다 왜 그런지 따져 묻는다. 일도 마음도 빨리 해결해야 하는 듯하다.

남편이 가장 편안해 보일 때는 혼자 핸드폰 속 동영상을 볼 때이다. 누구의 눈치도 보지 않고 방해도 받지 않으니 오로지 핸드폰 속 영상에만 집중해 즐거움을 느끼고 싶은 것 같다. 가족과 함께할 때도 행복해 보이지만, 그 시간이 오래 지속되지는 않는다. 금방 방전이 되는 듯 자신의 방에서 누워 핸드폰을 쳐다본다. 남편에게 동영상을 보는 것이 쉼이자 자신에게 집중하는 시간인 것으로 보인다. 내향형의 특징 중 하나는 자기 내부에 주의 집중을 하는 것이다. 이런 장점을 자기 발전을 위해 사용할 수 있다면 더 나은 삶을 만들어 나갈 수 있으리라 생각한다. 핸드폰을 보는 자체가 나쁜 것은 아니지만 자신만의 공간으로 들어가는 방법이 그것뿐인 듯해 아쉬운 마음이 든다.

반면에 나는 글쓰기로 생각을 정리하고 내면을 들여다본다. 갈등을 풀어나가는 데 있어 글쓰기는 생각을 정리하는 데 도움이 되었다. 그때의 상황을 돌아보며 반성도 하고, 개선해야 할 점을 찾게 된다. 상황을 글로 풀어내 보면 그 누구의 잘못이 아니라, 소통에 대한 어려움 때문이라는 것을 알게 된다. 내 생각을 판단 없이 있는 그대로 전달하는 것이 어렵고, 표현하는데 미숙하니 사실과 감정을 제대로 전달하지 못한다. 나는 글을 쓰면서 기다림을 배웠다. 상대를 이해하기 위해서는 기다림의 시간이 필요했다. 상대의 말에 따져 묻기보다 듣는 것에 집중하니 글을 쓰기 이전보다 소통이 원활해지기 시작했다.

남편 또한 자신에게 집중하여 핸드폰 이외에 다른 무언가를 해 보면 어떨까? 남편이 빠르게 스쳐 지나가는 핸드폰 속 동영상을 보고 있을 때면, 현실을 회피하고 있는 것처럼 보이기도 한다. 지금 자기 모습이 불만족스럽거나 불편하게 느껴지기 때문일까? 불편한 마음을 동영상을 통해 잊어버리려는 듯해 안쓰럽게 느껴진다. 아무것도 하지 않을 때 가만히 누워 쉬는 것이 아니라 핸드폰을 손에 쥐고 동영상을 보니 걱정이 된다. 동영상을 보며 눈은 웃고 있지만, 마음은 웃고 있지 않을 것 같다. 나는 남편이 잠시 핸드폰을 내려놓고 자신의 마음을 들여다보고 관찰해보기를 원한다. 지금 느껴지는 감정에 잠시 머물러 자신을 토닥일 수 있기를.

다른 별에서 온 남편

    첫째 아이의 피아노 개인 지도 상담을 예약해 놓고 남편과 나는 고민이 되었다. 피아노를 계속 가르쳐야 할지 그만두고 교과목을 가르쳐야 할지 선택해야 했다. 피아노 콩쿠르가 있던 어느 날, 돌아오는 차 안에서 남편과 아이의 피아노 개인 지도를 놓고 옥신각신했다. 준비가 제대로 되지 않은 채로 나간 콩쿠르였기 때문에 같은 학년인 아이들과 실력 차이가 크게 느껴졌기 때문이다. 남편은 이게 현실이라고 말하며 나에게 피아노 개인 지도를 포기하라는 듯 말했다. 남편의 말이 무슨 뜻인지 이해는 가지만 아이에게 음악적인 재능이 있다고 생각했기 때문에 혼란스러웠다.

    콩쿠르가 있기 일주일 전 피아노 영재교육원에서 아이의 실력을 테스트할 기회가 있어 2시간여 차를 타고 아이들과 함께 다녀왔다. 지역에서 열리는 콩쿠르에서 예상보다 좋은 성적을 거두었기 때문에 아이에게 음악적 재능이 있음을 믿었다. 아이에게 피아노를 전문적으로 배울 기회를 주고 싶었다. 남편은 아이가 상을 타올 때마다 기뻐하면서도 아이가 정말 잘하는 게 맞는지 반신반의했다. 테스트를 받아본 결과 예상치 못한 혹평을 들었다. 하지만 아이가 피아노 치는 것을 좋아하고 열의도 있으니 개인 지도로 기본부터 다시 배워볼 것을 권유했다.

개인 지도 상담을 받기 전이었기 때문에 각자의 생각으로 판단할 수밖에 없었다. 아이의 피아노 실력을 평가받으면서 지금까지 배워왔던 피아노 학원에서 잘못된 방식으로 가르쳐 온 것 같다는 이야기를 들으니, 아이에게 계속 피아노를 가르치는 게 맞는지, 다른 것을 가르치는 게 더 나은 것이 아닌가 하는 생각이 들었다. 이런 내 생각을 말하니 남편은 자기 말을 이해하고 있지 않은 것 같아 답답해 급기야 언성이 높아졌다. 남편이 무엇을 원하는지 알지 못하고 내 의견을 말하니 화가 난 듯했다. 남편의 언성에 도대체 뭐라고 말하는지 무엇을 원하는지 알 수 없었다. 나는 남편에게 이렇게 말했다.

"당신이 소리를 지르니까 도대체 뭐라고 하는지 모르겠어. 당신은 뭘 원하는 거야?"

남편이 답답함을 표현하는 방식은 긴장이 되게 하거나 비난처럼 들려 상처가 되기도 한다. 그렇지만 남편이 원하는 것이 무엇인지 확인해야 했다. 남편이 말하려고 하는 것을 잘 들어서 같이 의견을 맞춰야 했기 때문이다. 마셜 로젠버그의 비폭력 대화에서는, 갈등 상황을 해결하려 할 때는 사람들이 어떤 표현을 쓰든 상관없이 그들이 표현하려고 하는 욕구를 듣는 훈련을 우리 스스로 할 필요가 있다고 한다. 어떤 메시지라도 그것을 욕구 표현으로 번역하는 것이다.

남편은 ISTJ로 지금 일어나는 일들을 신속하게 처리해야 마음이 편한 사람이다. 자기 뜻대로 되지 않으면 갑자기 화를 냈다. 다른 사람 탓을 하기 시작했다. 별거 아닌 것 같은 일인데도 분노를 폭발해 버렸다. 자기 뜻을 상대방이 빨리 알아채 그렇게 해주길 바라는 것일까? NF 기질을 가진 나는 상대가 원하는 대로 행동할 때가 있다. 원하는 바가 있어도 상대의 기분에 따라 의견이나 생각이 달라지기 때문에 어느 쪽도 선택하기가 어려워진다. 우왕좌왕할 때마다 남편은 빨리 해결하지 못하는 나를 보며 답답함을 감추지 못했다.

나는 어떤 것을 결정해야 할 때 여러 사항을 놓고 비교하느라 시간이 걸리는데 남편은 그런 나를 매우 답답해한다. 남편이 답답한 마음과 무엇을 원하는지 차분하게 이야기해 주면 좋을 텐데 그것을 말로 표현하지 못하니 비언어적으로 표현하게 된다.

비언어적인 표현으로 인해 남편이 나를 싫어하고 있다고 느낄 때가 많았다. 그랬던 내가 욕구와 감정에 대해 배운 후 남편이 그렇게 표현하는데 이유가 있다는 것을 알게 되었다. 화라는 감정 속에 숨겨진 남편의 욕구를 알기 위해 잠시 멈춰 남편 마음에 깊이 다가가야 했다. 남편이 나에게 함부로 대하는 듯해 속상할 때가 많았지만, 남편의 욕구를 듣는 데 집중하면 화가 나더라도 오래 지나지 않아 가라앉힐 수 있었다.

남편과 소통이 되지 않고 남편이 내 마음을 알아주지 않으면 화가 났다. 남편은 화가 나면 방문을 닫고 들어가 버리곤 했는데 나 역시도 같이 등을 돌려버렸다. 그랬던 내가 남편의 욕구에 집중하게 되면서 피하지 않으려 노력했다. 핸드폰 문자를 통해서라도 남편에게 내 마음을 전했다. 내 감정과 욕구를 말하다 보니 마음이 차분해졌다. 한편으로는 남편의 마음을 헤아려 주지 못한 미안함이 올라왔다.

그동안 내 마음을 알아주지 못하는 남편이 미웠고 이기적이라는 생각이 들었다. 남편과의 관계 개선에 대한 의지 없이 남편을 탓하기만 하니 상황이 나아질 리 없었다. 이대로는 더 이상 안 되겠다는 생각이 들었을 때 심리학을 알게 됐다. 공부하며 나 자신을 이해했고, 남편을 이해하기 위해 노력했다. 시선을 달리해 보려 했다. 생각 끝에 부부는 이기고 지는 관계가 아니라, 사랑으로 포용해야 하는 사이라는 것을 깨닫게 되었다. 먼저 남편의 마음을 헤아리는 것이 억울하지 않았다. 나라는 한 사람은 감정과 욕구가 있는 존재인 것처럼, 남편 또한 그러하다는 것을 알게 되니 화 속에 숨은 남편의 욕구를 듣는 것이 어렵지 않게 되었다. 나는 바란다. 남편과 즐겁고 행복하게 소통할 수 있기를.

공감에도 연습이 필요해

셋째 아이는 가끔 자기 이름을 붙여 "성혜 기분 좋아."라고 말한다. 싫으면 싫다고 또박또박 말한다. 그렇게 말하는 아이가 귀여우면서도 신기하다. 자기 기분을 아무렇지 않게 표현하는 것이 그동안 우리 가족 내에서 드문 일이었기 때문이다. 아직 어린아이이기 때문일까? 자기가 원하는 것을 즉각 표현한다. 신체의 불편함에서부터 먹고 싶고 하고 싶은 것들을 말한다. 그런데 커가면서 아이들은 원하는 것을 다 하지 못한다는 것을 알게 된다. 첫째와 둘째는 이렇게 말하면 아빠 엄마가 싫어할까? 라는 생각이 들어 원하는 것을 바로 말하지 못하기도 한다. 자기 마음을 말하지 못하고 숨기게 된 것이다.

둘째 아이와 함께 외식을 한 날이었다. 남편의 휴가로, 남편이 둘째 아이와 같이 점심을 먹자고 제안했다. 아이에게 아빠 엄마와 같이 점심을 먹으려 하니 학교에서 점심을 먹지 말고 나오라 했다. 선생님에게 급식을 먹지 않고 하교할 수 있도록 미리 말씀을 드렸으니, 수업이 끝나면 바로 나오라 말했다. 남편이 아이를 학교에 데려다주면서 점심을 먹지 말고 나오라고 반복해 이야기했다. 수업이 끝나는 시간에 맞춰 학교 앞에서 아이를 기다렸지만, 아무리 기다려도 나오지 않았다. 학교 안으로 들어가 보니 아이는 급식실에서 점심을 먹고 있었다. 여러 번 반복해서 아이에게 말했는데 점심을 먹고 있는 아이를 보니 허무했다.

차 안에서 기다리고 있던 남편은 아이를 보자마자 아이에게 왜 급식을 먹고 나왔는지 물었다. 아이는 파인애플이 나와서라고 말했다. 아빠가 파인애플이 나와서? 라고 되묻자 맛있는 냄새가 나서 먹고 나왔다고 말했다. 아이는 평소 급식 표를 보지 않아 파인애플이 나오는지 알지 못했다. 파인애플 때문에 급식을 먹었다는 말에 의아했다. 아이가 혼자 급식을 먹지 않고 나오는 것이 부끄러웠다든지, 혹은 반드시 점심을 먹고 다 같이 하교해야 한다고 생각했을 것이다. 아이는 아빠에게 혼이 날까 봐 사실대로 말하지 않고 음식 냄새가 좋아서, 혹은 파인애플이 맛있어서라고 말을 한 것 같다.

아이는 엄마인 나와 있을 때 자신이 무엇을 원하고 있고 어떤 기분인지 솔직하게 말하는 편인데 아빠와 있을 때는 솔직하게 말하지 않는다. 자신이 원하는 것을 자기 뜻대로 하지 못할 때나 동생이 자신의 물건을 가져갔을 때, 언니와 투덕거릴 때 큰소리로 칭얼대는데 그럴 때마다 아빠에게 혼이 났기 때문이다. 남편은 어떤 이유에서 그러는지 묻기보다 떼를 쓰지 말라며 언성을 높였다. 아이는 아빠에게 혼이 날 때마다 주눅이 들어 무엇 때문에 화가 났는지, 무엇을 원하는지 말하지 못했다.

'나는 아빠 엄마와 같이 맛있는 음식을 먹으러 가는 것은 좋지만 혼자 나오는 것이 부끄러웠어요. 그래서 밥을 먹고 나왔어요.'라고 말을 했더라면 남편은 어떤 반응을 보였을까? 그게 왜 부끄러운 일이냐고 아이의 느낌을 무시했을까? 자신의 느낌을 솔직하게 말하지 못하는 아이의 모습을 보면 아무렇지 않으려 애쓰는 것처럼 보인다. 그런 아이의 마음을 읽지 못하는 남편을 보며 다른 사람의 감정을 이해하는 것이 정말 어려운 일일까 생각해 보게 된다.

아내인 나도 남편과의 소통이 숙제처럼 다가오는데, 아이들은 어떠할까. 벽에 말이 튕겨 나가는 듯한 느낌일지도 모르겠다. 남편의 배우자인 나는 남편과 왜 소통이 잘되지 않는 것인지 고민에 고민을 거듭했다. 남편이 화나는 이유에 대해 이해해 보려 노력해 보지만, 내 마음이 이해받지 못한다는 느낌이 들 때는 남편이 내 상황을 이해하고 생각하지 못하는 것에 그 어떤 것으로도 이유를 찾을 수 없었다. 감정을 이해받은 경험이 남편에게 부족했겠다는 것, 그 판단만이 나를 위로했다.

남편이 화가 났을 때, 그 마음을 온전히 받아주려고도 해보았지만, 내 마음만 다칠 뿐이었다. 아무리 나의 입장을 설명해 보아도 남편이 화난 상태로는 나의 말을 이해하지 못했다. 자신으로 인해 상대의 감정이 다칠 수 있고, 한 발짝 물러설 수도 있다는 생각을 왜 하지 못하는 걸까? 감정과 욕구를 드러냈을 때 온전히 존중받는 경험이 소중하게 다가왔다. 남편은 자신의 마음을 표현하느라 화를 내고 함부로 말하는 것인데 그마저도 아내가 받아주지 못하니 자신 또한 얼마나 괴로울까.

어떤 것이든 잘하려면 꾸준한 연습을 해야 하듯 감정을 조절하며 말하고, 상대의 생각에 맞게 이야기를 듣고 말하는 것을 연습했다. 내 말을 하는 것도 중요하지만, 한 번쯤은 상대의 말을 깊이 들어보는 기회를 가져 보려고 노력했다. 내가 답답하고 속상하듯이 상대도 마음이 아프고 힘이 든다는 것을 알게 된 후부터 그런 노력을 실천할 수 있었다. 상대의 입장을 충분히 듣고 내가 원하는 것을 전달하는 것을 실천하려고 노력하니 소통의 길이 열리고 있다는 것을 느끼게 되었다. 서로가 연결되어 있음을 공감을 통해 느낀다면 우리의 관계와 삶이 더 풍요로워질 것이다.

제 3 장

사랑하기 시작한 우리

닮은 듯 다른 엄마와 나

둘째 아이가 예정된 하교 시간보다 일찍 돌아왔다. 친구들과 뛰어놀다 다리를 접질린 것인지 복사뼈가 있는 부분이 아프다고 한다. 아이는 가까운 거리도 걷고 싶어 하지 않았다. 버스에서 내려 병원으로 가는 내내 다리가 아프다 춥다 노래를 불렀다. 진료 후 약국에서 약을 사고 버스를 기다리는데 춥다고 말하는 아이의 눈빛이 마치 엄마의 사랑을 간절히 바라는 듯 보였다. 나는 아이의 잠바 지퍼를 목 끝까지 잠가주고 안아주었다. 아이는 다리가 아픈 것으로 엄마의 사랑을 확인하고 싶어 하는 듯했다.

다리가 아픈 아이를 바로 집에 데리고 가야 했는데 버스 벨을 잘못 눌러 내려야 하는 정거장보다 한 정거장 일찍 내리게 되었다.

하는 수 없이 아이를 데리고 다녀야 했다. 셋째 아이를 데리러 가야 해 둘째 아이를 집으로 데려다 줄 시간의 여유가 없었다. 셋째를 어린이집에서 데리고 나오니 둘째는 집에 걸어갈 수 없다고 칭얼대기 시작했다. 셋째가 옆에 있어도 칭얼대니 난감했다. 어린이집에 아이 우는 소리가 들리지는 않을까, 이러다 집에 못 가고 계속 어린이집 앞에 머물러 있게 되는 건 아닐지 걱정이 되어 집에 가자고 다그쳤다.

나는 아이에게 지금의 상황을 설명할 새도 없이 앞장서 걸었다. 둘째는 터덜터덜 걸으며 따라왔고 셋째는 언니 뒤를 따라 뛰다 걷다 하며 속도를 맞추었다. 아이의 기분을 망치며 집으로 돌아오고 싶지 않았다. 하지만 마음과 달리 셋째를 챙겨야 하니 마음이 조급해졌다. 아이는 엘리베이터 앞에 주저앉아 버렸다. 아픈 아이에게 매몰차게 대한 것 같아 미안했다. 아이가 치료받을 정도는 아니었기에 걸을 수 있다고 생각했지만, 미처 아이의 마음을 챙기지 못한 것이 후회되었다. 챙김을 받고 싶은 아이의 마음을 헤아리지 못했다.

나와 엄마에게도 이와 비슷한 상황이 있었다. 결혼 전 언니의 자취방에서 같이 지냈을 때였다. 언니가 회사에서 당직을 섰던 어느 날 밤, 음식을 잘못 먹어서인지 배가 아프기 시작했다. 배를 부여

잡다 더 이상 견딜 수 없어 언니에게 전화를 걸었다. 언니는 회사에서 나올 수 없어 지방에 계신 엄마가 급히 야간버스를 타고 오셨다. 택시를 타고 병원 응급실에 도착해 여러 검사를 했다. 검사 결과 아무 이상이 없었지만, 아침까지 링거를 맞으며 누워있어야 했다. 엄마는 억지로 끌려 나온 아이처럼 보호자 의자에 앉아계셨다. 배 아픈 곳은 어떠냐, 괜찮냐는 물음 하나 없었다. 갑자기 지방에서 엄마를 오게 해 미안한 마음은커녕 서운한 마음이 들었다. 택시를 타고 집에 돌아오는 내내 그 어떤 대화도 나누지 않았다. 엄마와 나 사이에 정적만이 감돌았다. 집으로 돌아와서도 냉랭한 눈빛만 주고받았다. 몸에 이상이 없어 다행이라는 말조차 없으니 매정하게 느껴졌다. 나는 그날의 엄마가 되어 있었다. 아이도 그날의 나처럼 서운했을까.

엄마는 내게 따뜻하기도 하고 차갑기도 하다. 마치 밀고 당기듯 줄다리기하는 것 같다. 엄마가 나를 바라볼 때, 언니를 바라볼 때의 눈빛과 달라 서운하기도 하지만 도움이 필요할 땐 언제든 나에게 귀를 기울여주신다. 생일 때 '짜잔' 하고 나타나 밥을 사주시거나 글 열심히 쓰라며 응원을 해주시기도 한다. 엄마가 나를 응원해주는 건 가능성에 대한 희망을 보아서일까? 엄마가 감각형(S)이라면 현실적인 면으로 인해 응원보다 충고를 해주셨을 것 같다.

감각형(S)은 실제의 경험을 중시하고 '현재'에 초점을 맞추어 정확하고 철저하게 일을 처리하는 유형이다. 이와 반대로 나의 미래를 진심으로 지지해 주시니 나와 같은 INFP일 거라는 생각이 들었다. 하지만 그동안 공감에 대한 기대가 이루어지지 않았고 사실 위주의 이야기들로 대화해야 했기에 ISTJ로 추측되기도 한다. 한편으론 N과 F가 사실 위주의 대화에 가려져 있었던 듯하다.

직관형(N)은 사물의 이면, 눈에 보이지 않는 무엇인가에 의미를 둔다. 미래에 대한 가능성과 의미를 추구한다. 감정형(F)은 사람과의 관계에 주로 관심을 가지고 주변 상황을 고려하여 판단한다.

가족 중 내가 유일하게 직관형이라 생각했는데 알고 보면 엄마도 직관형일까? 감각형이면서도 사고형인 아빠에게 맞추며 살아오시느라 자신의 의견이나 생각이 중요하다 생각지 못했던 걸까?

나 또한 감각형 남편과 살아오면서 어떻게든 맞추려 노력해 왔다. 남편의 단호함과 냉정함에 남편이 원하는 것과 말하려는 것이 무엇인지 잘 알지 못했다. 남편이 지적을 해올 때면 차갑고 쌀쌀맞게 느껴져 마음에 상처가 되었다. 그런데 가만히 그의 말에 집중하다 보면 어느새 그가 원했던 것이 무엇이었는지 알게 된다. 예를 들어 아이들이 독감에 걸린 것이 마스크를 안 쓴 너의 탓이고, 마스크를 챙겨주지 못한 엄마 탓이라 말했을 때 무조건 상대방을 탓하는 것 같아 기분이 나쁘기도 했지만, 그의 말을 잘 생각해 보면 그가 말하려 했던 것이 마스크를 써 독감에 걸리지 않도록 예방해야 한다는 것임을 알게 된다. 나는 그런 그의 말뜻을 이해하고 있음을 표현하면서 마스크를 잘 쓰고 다녀도 친구들과 어울려 밥을 먹거나 간식을 먹게 되면 마스크를 벗게 되어 독감을 피하지 못할 상황이 생길 수도 있음을 이해해 달라고 말했다. 구체적이면서도 신속한 답변을 원하는 STJ 유형의 남편 덕분에 말을 구체적이고 논리적으로 하기 위해 노력하다 보니 감정적인 싸움이 줄어들었다.

그동안 STJ 유형에게 맞추기 위해 애쓰면서 살아왔던 엄마와 나는 말투나 어조에 감정적으로 반응하게 되어 자신이 원하는 것을 구체적으로 표현하지 못했다. '좋아, 싫어'와 같이 의견이나 느낌을 확실하게 표현하는 것에 미숙했던 엄마와 나였다. 고마워 미안해.라는 말을 듣고 싶지만, 원하는 것을 당당히 말하지 못하고 서로 감정적으로 반응하니 대화는 더더욱 피하게 되었다. 소통이 원활하지 않아 부딪히기만 했다. 내가 무엇을 원하고 있는지 자세하고 구체적으로 말을 했더라면 엄마와 부딪히는 일이 없었을까? 엄마는 상대방의 감정을 고려해 말하기보다 단호히 자신이 하고자 하는 것을 말하고 행동하는 아빠와의 대화가 익숙했던 것일까? 자기 말을 하기보다는 사실이나 정보를 듣는 쪽에 가까웠을 것 같다.

나는 원하는 것을 말하기보다 듣는 것이 익숙해 구체적으로 표현하는 것이 미흡했다. STJ 유형처럼 말하지 못하니 엄마도 답답했을까?

대화하면서 공감을 바라는 나는, 공감받기 어려웠던 엄마와의 대화가 떠올라 엄마에게 전화를 자주 하지 않았다. 좋다, 싫다, 기쁘다, 슬프다는 것과 같은 느낌의 말들이 오가지 않아도 즐거워 보였던 엄마와 언니의 대화를 기억해서인지 좋은 일이 있을 때만 통화를 하려 했다. 아무 일 없을 때보다 어떤 사건들이 있어야 엄마에게서 전화가 왔다. 평소 얼굴을 맞대고 표정만으로 서로의 느낌을 주고받아 본 경험이 거의 없었다. 엄마가 자신의 이야기를 잘하지 않으니 어떤 이야기라도 해야 했다. 엄마는 내가 느끼기에 취조하듯이 육하원칙으로 물어보았다. 그런데 나는 이런 말을 듣고 싶었는지 모른다.

"힘들지? 마음이 어땠어?"

가만히 생각해 보면 그런 엄마의 물음들이 관심의 표현이었다. 먼저 이야기를 잘 하지 않으니 계속해서 물어왔다. 엄마는 그런 물음을 통해 나를 알고 싶어 했던 것인데 나는 엄마에게 사건의 경위를 말해주어야 할 것만 같아 마음에 부담이 되었다.

몸에 이상이 없는데도 병원에 와 나를 지켜봐야 했던 엄마는 내가 걱정되어 늦은 밤에 급히 오셔야 했다. 잠도 자지 못하고 급히 밤에 버스를 타고 왔는데, 그 고생을 알아주지 않는 딸이 미웠던 것일까? '엄마, 밤늦게 오느라 힘들었죠? 와줘서 고마워요.'라는 말도 하지 못하는 딸에게 서운함을 느꼈던 것일까?

엄마는 자신의 계획대로 움직이는 아빠나 언니와 달리 가족들의 요청에 거절이 없었다. 누구보다도 함께 하며 행복하길 원한다. 대화와 눈빛으로 서로의 느낌을 공유하길 바란다. 그동안 구체적인 정보나 사실들이 오가는 대화 속에 엄마의 진짜 마음이 가려져 엄마가 무엇을 원하는지 무엇을 느끼고 있는지 알 수 없었다. 엄마와 진솔한 대화를 나눌 수 있다면 나는 엄마에게 이렇게 말하고 싶다.

'나는 엄마의 마음을 알고 싶어. 엄마가 무엇을 느끼고 원하고 있는지 말해줘. 내가 다 들어줄게.'

엄격한 아빠, 그리고 따뜻함

아빠에게 전화가 왔던 어느 날 아빠는 통화를 마무리하며 이렇게 말씀하셨다.

"너도 이제 날개를 펴야지."

아빠에게 글을 써 책을 내겠다고 말 했을 때 글을 쓰느라 집안일이나 육아에 소홀해져 남편과의 사이가 틀어지지는 않을까 우려하셨다. 아이들이 좀 더 컸을 때 하면 어떻겠냐고 말씀하셨던 아빠였다. 아빠가 걱정하시는 것이 무엇인지 이해가 되지 않는 것은 아니었다. 하지만 갈등도 아무 일도 없이 평화롭기만 한 것이 인생이 아닌데 늘 눈치를 살피며 맞춰 살라 하는 아빠의 말이 와닿지는 않았다. 그런 아빠가 처음으로 내게 해주신 "날개를 펴야지."라는 말은 담담한 감동으로 다가왔다. 이제 아빠가 내 마음을 아는 걸까.

108

10남매 중 장남이었던 아빠는 어려웠던 어린 시절을 지나오면서 자기 자신에게 매우 엄격해야 했다. 가난했던 환경과 많은 동생으로 인해 꿈은 아빠에게 사치였을까. 공무원이셨던 아빠는 오직 안정만을 바라며 살아오셨을 것 같다. 안정된 노후를 위해 현재의 즐거움은 포기한 채 삶의 고난들을 참아내셨다. 아빠는 퇴직하시고 지금 어떤 삶을 살고 계신 걸까? 아빠를 뵐 때마다 어딘가 불편한 듯 보인다. 마음 한구석에 해결되지 못한 것들이 남아있는 걸까?

아빠는 가족이나 오래된 친구들 외에는 활발히 사회적 관계를 맺지 않으신다. 사람에 대한 의심도 많고 불편하면 만남도 거부하실 정도로 혼자만의 공간과 시간을 중요시하신다. 자식들이 왔다 가더라도 하루 이상을 같이 있기를 힘들어하신다. 아빠가 가장 행복해 보일 때는 소파에 누워 좋아하는 동영상을 볼 때이다. 아무런 방해도 없이 말이다. 아빠에겐 안정감이 가장 중요한 삶의 요소인데 그런 안정감을 빼앗은 나는 아빠에게 골칫거리였다. 독립의 준비도 없이 쫓기듯 결혼했으니 탈이 많은 결혼생활에 부모님이 개입하면서 얼마나 맘고생이 심하셨을까. 도와주려 했다가 혹만 붙여오는 격인 것 같았다. 불편한 것을 떼어내면 내가 좀 더 편안하고 행복할 거라고 생각하셨는지, 불필요한 것을 버리듯 나의 관계까지도 갈라놓고 싶어 하셨다. 결혼 후 부부싸움을 하고 나면 우리의 투덕거림을 알게 된 아빠는 나를 보며 얼마나 마음이 아프셨을까. 잘 살길 바라는 마음으로 결혼을 시켜주셨는데 매일 눈물 바람인 나를 보며 걱정이 되어 잠도 푹 주무시지 못했을 아빠를 생각하니 이제 와 죄송스러운 마음이 든다.

불쑥 그렇게 힘들면 헤어지라 하셨던 아빠는 나의 행복을 위해 그렇게 말씀하셨던 건데 그땐 나도 혼란스러웠다. 철없이 자유로움을 꿈꾸다가도 홀로 아이들을 키우며 살아갈 수 있을까, 부모님에게 폐를 끼치는 건 아닐까 하는 여러 생각들이 들었다. 도대체 어떤 선택을 해야 하는지, 어떻게 사는 게 맞는 것인지 알지 못했다. 돌이켜보면 딸과 사위의 투덕거림을 보고 안정감이 주요 욕구였던 아버지가 느꼈을 불안이 고스란히 느껴진다. 헤어짐이 정답은 아니지만, 그 마음마저도 나를 위한 마음이었다고 생각하니 애처로우면서도 고맙다.

자신의 마음이 편해지려면 불편하게 하는 것을 떼어내야 했고, 그것이 관계에서도 나타났다. 관계라는 건 놓아버릴 수 없는 것인데, 혹여나 놓아버린다 해도 마음이 편하지만은 않을 것이다. 괜찮다고 합리화하거나 잊어버리려 애쓰는 것일까. 시간이 흐른다 해도 잊히지 않는다. 비슷한 상황이 왔을 때 마음이 불편해진다. 내 마음이 언제 어떻게 불편한지, 내가 어떤 상황일 때 마음이 편안한

지, 진정 내가 원하는 것이 무엇인지 알려 하지 않는다면 죽을 때까지 마음 한가운데에 해결하지 못한 응어리가 자리 잡고 있을 것이다. 회피는 답이 아니다. 피한다고 해서 해결되는 것은 없다.

아빠 자신도 늘 옳은 선택을 하는 것은 아님을 알고 계실 것이다. 특히 자녀와의 관계는 피할 수만은 없으셨던 것일까, 한 번씩 전화로 안부를 물으신다. 부모나 자녀 중 누가 먼저 전화해야 한다는 법은 없지만, 자식으로서 부모님께 신경 써드리지 못해 죄송한 마음이 든다. 편안함을 추구하는 것도 하나의 욕구이지만 진짜 편안한 마음을 유지하기 위해서는 노력이 필요하다. 아빠의 주된 욕구인 안정감을 해치게 하는 사람이 있다면 아빠는 그 사람과 연을 끊어낼 정도로 연락하지 않으신다. 아빠에 대해 많은 것을 알고 있는 것은 아니지만 내가 보아온 아빠는 사람을 경계하고 의심하는 것으로 보였다. 알고 보면 안정감을 위해서인데, 그 욕구를 모르면 차갑고 냉정하게 보인다.

그런 아빠가 우리 가족 중에서 가장 따뜻하게 느껴지기도 한다. 셋째를 낳고 한참 힘이 들 때 "힘들지?"라고 물어본 사람도 아빠였다. 가장 가깝다고 생각하는 남편에게조차도 힘드냐는 다정한 말을 듣기 어려운데 아빠는 내게 한 번씩 전화해 안부를 확인하셨다. 간혹 듣고 싶지 않은 말들도 오갔지만, 딸의 마음을 위로하고 싶은 아빠의 마음이 느껴졌다. 어쩌면 아빠가 자신을 위로하고 싶은지도 모른다.

자신에게 "힘들지? 그동안 고생했어."라고 말하고 싶은 거라는 생각이 든다. 성격도 급하고 불같아 뭐든지 빨리빨리 해치우려 했던 아빠는 그동안 가족들의 마음을 아는 것에 서툴렀다. 특히 엄마는 그런 아빠에게 맞춰 사시느라 마음고생을 많이 하셨다.

차가워 보이지만 누구보다 속이 깊은 아빠다. 이제는 마음을 내려놓고 주변을 바라보시면서 마음껏 활짝 웃으며 사셨으면 좋겠다. 지나가는 시간을 붙잡을 수 없으니 남은 삶은 후회 없이 보내시길 바라는 마음이다. 지나왔던 시간을 곱씹으며 다른 사람을 미워하기보다 현재의 삶에 충실하면서 가까운 사람들과 마음을 나누며 지내시면 좋겠다. 사람들은 종종 힘든 이유를 나 자신이 아닌 상대에게서 찾곤 한다. 그 과정에서 쉽게 판단함으로 상대를 비난하기 쉽다. 그런 마음마저도 내려놓으시고 본인의 마음을 들여다보며 남은 시간을 의미 있게 보내시길 바란다.

내가 아빠에게 바라는 것은 나에게도 바라는 모습이다. 상대를 잘 알지도 못한 채 쉽게 판단하고 미워하고 싶지 않다. 남편에게 비난 어린 말을 들으면 남편은 원래 그런 사람이라 생각했다. 말속

112

에 어떤 욕구가 숨어있는지 알지 못했다. 아빠 또한 마찬가지다. 아빠는 의심 많고 경계심 많은 피해받고 싶지 않은 사람이라 쉽게 판단했다. 그 안에는 안정되고 싶은 욕구가 있었다. 힘들고 불안정 했던 어린 시절과 청년 시절을 보상받고 싶으신 듯 편안함을 우선 순위로 두시는 것 같다.

 나는 부모님을 통해 많은 영향을 받았고 관계를 피하며 살아왔 다. 그랬던 내가 마음의 상처와 관계를 직면하며 살아가려 한다. 내 자녀들도 불편하고 힘들다고 해서 모든 것을 포기하지 않기를 바라기 때문이다. 힘든 일이 있다면 극복하는 힘을 길러주고 싶다. 엄마도 마음이 단단해지는 과정에 있으니 함께 성장해 나가자고 말하고 싶다. 자녀가 가는 길에 든든한 버팀목이 되어주고 싶다. 힘들 땐 잠시 쉬어갈 수 있는 그늘이 되어주고 외로운 마음에 손을 잡아줄 수 있는 엄마가 되고 싶다. 아빠도 분명 나와 같은 마음이 었을 거라 믿는다. 자식에게 손을 내밀고 싶지만, 그 방법을 알지 못해 헤매셨을 거라 감히 아빠의 마음을 헤아려 본다.

엄마의 마음

친정 가족들과 쇼핑몰에 갔을 때의 일이다. 쇼핑몰에서 다 같이 구경하고 점심을 먹었다. 구매한 것을 계산하고 나와 아이들이 먹을 아이스크림과 어른들이 마실 커피를 사던 중 아빠가 엄마에게 빨리 가자고 재촉하셨다. 헤어지기 아쉬운 마음에 커피 마시고 가라고 말씀드렸지만, 아빠는 급한 일이 있는 사람처럼 빠르게 주차장으로 가셨다. 엄마는 아빠의 재촉에 할 수 없이 간다고 하시면서 아빠의 뒤를 따라가셨다.

어렸을 때 아빠는 마음이 급한 사람이었다. 어디를 가면 진득하게 있는 것이 아니라 어디가 답답한 사람처럼 급히 집으로 가셨다. 가족들과 걸을 때도 앞서 걸었다. 어렸을 때도 그랬고 급히 쇼핑몰을 빠져나가셨을 때도 아빠를 이해하지 못했다. 바쁜 일이 있는 것도 아닌데 '빨리빨리'를 외치며 가신 아빠가 내심 미웠다. 그런 아빠에게 조금 있다 가자는 말도 못 하는 엄마가 답답했다. 엄마는 우리와 커피를 마시며 좀 더 시간을 보내고 싶어 하셨지만, 아빠는 엄마에게 의사도 묻지 않고 그렇게 가버리셨다.

엄마의 건강을 누구보다도 걱정하고 신경 쓰셨던 아빠였기에 아빠가 그동안 엄마에게 의견을 묻지 않으셨다는 것을 알지 못했다. 아빠는 원래 급한 사람이었지 라고 생각했을 뿐이다. 그런데 지금의 부모님을 보면 아빠가 엄마를 많이 아끼고 배려하는 것이 잘 보이지 않는다. 글을 쓰기 위해 부모님의 모습을 자세히 관찰하다 보니 엄마는 단 한 번도 자신이 무엇을 원하고 느끼는지 아빠에게 말씀을 분명하게 하신 적이 없으셨다는 것을 알게 됐다. 아빠의 행동에 화가 나 짜증을 내기는 하지만 자신의 욕구와 느낌을 말하지 않았다.

마셜 로젠버그의 『비폭력 대화』에 이와 비슷한 사례가 나온다. 저자의 어머니가 여성들이 자신의 욕구를 표현하는 데 얼마나 두려움을 느끼는지에 관해 이야기하는 모임에 참가했다가 깨달은 사실이 있다. 받아들이기가 아주 힘든 사실이었다. 저자의 어머니는 지난 40여 년 동안 자신이 원하는 것을 남편이 들어주지 않아서 화가 났는데, 자신이 원하는 것이 정작 무엇인지 남편에게 단 한 번도 분명하게 말한 적이 없다는 것을 깨달았다.

　이 사례를 보고 나니 엄마 역시도 아빠에게 분명하게 자신이 원하는 것을 말하지 않는다는 것을 알게 됐다. 아빠는 젊으셨을 때 엄마와 상의도 없이 집과 차를 길게 생각하지 않고 사고 파셨다. 그래서 우리 집은 이사를 자주 해야만 했다. 엄마와 상의하셨던 적도 있었지만, 그건 상의라기보다 통보였다. 왜냐하면 이런 일이 있었을 때마다 엄마가 아빠에게 크게 화를 내시곤 하셨기 때문이다. 그땐 그것이 부모님 사이에 큰 문제가 된다고 생각하지 않았다. 부모님이 그 문제를 두고 논의하시거나 아빠가 즉흥적으로 한 것에 대해 엄마에게 사과하는 모습을 보지 못했기 때문이다. 부모님 사이에 갈등이 있었지만, 그 갈등을 해결하는 모습을 본 적이 없다. 시간이 지나면 그런 일이 있었는지도 모르게 부모님 사이가 좋아 보였다.

　친정 부모님 댁에 갈 때마다 나는 엄마가 무기력해 보이면서도 불만스러운 표정을 보게된다. 이제는 그 표정의 의미를 알 것 같다. 말하지 못해 답답해 보였다. 답답함을 참아내느라 얼마나 힘드실까. 그 마음을 그 누구도 알아주지 않으니 엄마 본인조차도 말하지 못해 생긴 답답함을 알고 계실까? 엄마는 언니의 집에 가면서 그 답답함을 해소했다. 부모님 댁에 가면 아빠 엄마가 대화를 잘 나누는 모습을 봐왔기 때문에 엄마의 답답함을 알지 못했다. 그런데 더 깊이 관찰해보니 부모님의 대화에서도 욕구와 느낌에 관한 이야기는 빠져있었다.

ISTJ인 아빠는 모든 것을 신속하게 처리해야 마음이 편한 사람이다. 마음에서 결정이 되면 빨리 해치워야 한다. 엄마와 상의해야 한다는 것을 먼저 생각하지 않고 마음의 결정을 행동으로 옮겼다. 아빠의 급함은 본인이 편하지 않을 때 나온다. 예를 들어 자식들과 손주들이 집에 와 엄마가 요리하느라 음식 냄새가 집안에 가득 찰 때 날씨에 상관없이 아이들이 추운 것을 생각지 못하고 갑자기 창문을 열어 환기를 시킨다. 하룻밤을 부모님 집에서 자고 나면 얼른 가라고 재촉하신다.

ISTJ로 행동하시는 듯한 엄마는 그런 아빠를 맞춰 살아오셨다. 아빠에게 화를 낼 때도 있었지만 무엇 때문에 화가 났는지 분명하게 말씀하시지 않는 듯했다. 엄마는 엄마만의 일상 루틴이 있지만 주로 아빠와 언니에게 맞춰져 있다. 언니의 요청이 있을 때마다 조카를 돌보러 언니의 집에 가신다. 언니의 집에 가기 전 아빠가 일터에 가져가 점심으로 드실 반찬들을 만들어 출근 일수에 맞게 반찬을 담은 통을 냉장고에 넣어 두신다. 언니의 요청이 없으면 엄마는 주로 집에 계신다. 아빠가 출근했다 돌아오실 때까지 집안에서 엄마만의 시간을 보낸다. 요즘엔 아이들이 학교에서 공부하는 교재를 사 공부하신다. 아이들이 무엇을 공부하는지 궁금하기도 하고 또 알려주고 싶어 공부하신다. 검사 결과는 ISTJ로 나왔지만 F(감정형)의 특성이 있어 가족들에게 도움이 되고 싶어 한다고 생각했다. 엄마의 유형을 알기 전에는 P(인식형)로 인해 가족들의 요청에 따라 자신의 일정을 변경하는 거로 생각했지만, MBTI 검사 후 J(판단형)임을 알게 되고 엄마를 더 깊이 이해할 수 있었다. J의 특성을 가진 엄마는 엄마의 경계 안에서 움직이고 계셨다. 가족들에게 맞추고 계신 거로 생각했지만, 그것조차도 엄마만의 계획이었고 신념이었다.

그동안 아빠에게 맞춰 살아오신 엄마였다. 그런 엄마가 불만족스러운 표정으로 앉아 있으면, 그런 모습을 보고 싶지 않으면서도 안타깝다. 정해진 틀 안에서 자신의 감정을 누르고 살고 계신 것 같아 마음이 아팠다. TV를 보다 엄마가 이렇게 물으셨다.

"너는 진심 친구가 있어?"

심리 상담 프로그램으로, 출연진들은 자신의 속 이야기를 전부 꺼내놓을 수 있는 친구가 몇 명인지에 관해 이야기를 나누었다. 나는 엄마에게 물었다.

"엄마도 진심 친구가 있었으면 좋겠어?"

"당연하지. 내 속 마음을 다 꺼내 이야기하고 싶어."

　엄마가 나에게 직접적으로 자신의 마음을 표현해 주어서 고마웠다. 엄마와 아빠는 비슷하면서도 매우 다른 기질을 갖고 계셨다. 엄마는 힘든 마음을 풀 길이 없어 마음속에 쌓아두고 계셨다. 자신만의 일상 패턴을 유지하면서 그 속에서 수행하듯이 삶을 살아오셨다. 이제는 내가 그 마음을 알았으니, 엄마의 마음을 들어주고 위로할 수 있는 딸이 되려 한다. 아빠 엄마 역시도 서로의 다름으로 마음고생하셨다는 것을 깊이 느낄 수 있었다.

J언니와 P동생

　언니와 나는 쇼핑메이트였다. 주말이면 같이 백화점에 가서 옷을 구경하고 맛있는 것을 사 먹었다. 마트에 가서 같이 장을 보기도 했다. 가끔 함께 야식시켜 먹으며 TV를 보았다. 같이 일상을 보내는 것이 익숙해 가까운 자매 사이로 보이지만 함께 하는 시간에 비해 많은 대화가 오가지는 않았다. 속마음을 이야기하거나 고민을 털어놓지는 못했지만 주말이면 함께 시간을 보내곤 했다. 그때 언니의 마음과 생각은 어땠는지 궁금하다. 나는 동생으로서 언니에게 많은 것을 받았다. 옷에서부터 신발, 학원비까지 경제적으로 도움을 받았다. 결혼하고 나서도 가끔 언니가 택배로 식품을 보내주거나 간혹 용돈을 보내주기도 했다. 지금도 아이들 옷을 사주거나 생일 때 용돈을 보내준다. 친정집에서 만나거나 언니 집에 갔을 때 맛있는 음식도 사주고 커피도 사주는 등 많은 것을 해주었다.

　결혼 전에는 언니에게 받는 것을 당연하게 생각했다. 지금은 미안하면서도 고맙다. 받기만 하는 것 같아 부끄럽다. 밥 한 끼라도 제대로 사주고 싶은데 주머니 사정을 생각하면 선뜻 잘되지 않는다. 그렇게 많은 것을 준 언니지만 멀게 느껴지는 이유는 자매지간에 단짝 친구 같은 친밀한 느낌이 없었기 때문이다. 솔직한 마음을 내보일 수 있는 가까운 사이이길 바랐지만, 마음을 어루만져 주거나 자신의 이야기를 솔직하게 말했던 적은 없었다. 같이 쇼핑하거나 맛있는 것을 먹으며 함께 시간을 보내는 것은 좋았지만, 마음으로는 가깝게 느껴지지 않았다.

　자주 가던 백화점, 노을이 물든 호수를 바라보며 걸었던 공원같이 언니와 함께 갔던 장소는 또렷이 기억난다. 하지만 어떤 이야기를 하며 걸었는지 기억은 나지 않는다. 그때를 돌이켜 보면 언니가 나를 많이 이해해 주고 최선을 다해 대해주었던 것 같다. 빨리 취직해서 나가라는 소리도 하지 않았다. 그 당시에 아르바이트를 종종 하긴 했지만, 수입이 좋지 않아 생활의 모든 것을 언니에게 의지했다. 싸웠던 기억도 거의 나지 않는다. 당시 나는 대학교를 졸업하고 진로를 찾고 있었고, 혼자서 내적인 방황을 했었다. 그걸 지켜봐 온 언니였지만 언니는 나의 일이나 감정에 관여하지 않았다. 지금 생각해 보면 언니는 하나뿐인 동생에게도 감정을 내보이는 것이 어려웠던 것 같다. 그 이유에 대해 언니와 깊이 이야기하고 싶다. 아마도 어린 시절 기억 속에 남아있던 아빠의 행동으로 인해 언니가 감정에 솔직하기를 거부했던 것 같다.

내가 네다섯 살 때로 기억한다. 술에 취했던 아빠가 언니와 내가 싸우는 소리에 화가 나 언니를 던졌다. 아빠는 미안했던지 언니와 나를 데리고 슈퍼에 가 과자를 사주셨다. 그 장면이 아직도 뇌리에 박혀있다. 그때의 기억이 언니에게 강하게 남아있는 듯했다. 아빠도 분명 기억하고 계실 거라 했다. 그런데 그 사건 이후로 그 어떤 사과도 설명도 없었으니, 어린아이로서 할 수 있는 건 입을 닫고 마음을 닫는 것이었을까. 나는 언니에게 그날의 기억에 관해 물었다. 용기를 내어 그때 언니는 어떤 감정이었는지 어떤 행동을 했는지 물어보았다. 언니는 울었을 거라고 했다. 그리곤 그때의 기억을 말하고 싶지 않다고 했다. 그 이야기를 꺼내 아빠와 불편해지고 싶지 않다고 말했다. 언니는 불편한 기색이 역력했다. 더 이상 이야기를 이어 나갈 수 없었다.

부모님과 친밀했던 언니였는데도 그 속에 솔직한 감정이 빠졌을 것으로 생각하니, 마치 앙꼬 없는 찐빵처럼 어느 한 부분이 비어져 보였다. 아빠 엄마에게 기쁨이자 자랑스러운 존재였던 언니였고,

대화도 많이 하는 사이인데도 허전해 보이는 건 내가 NF 기질을 갖고 있기 때문일까? 아빠 엄마와 마찬가지로 내향형이면서 감각, 사고형인 언니는 나와 내향형인 것만 제외하고 서로 다른 성향이면서 다른 기질을 갖고 있다. 전혀 통하는 부분이 없을 것 같은데도 평범한 자매로서의 관계를 유지하고 있는 것은 언니가 SJ 기질이기 때문인 듯하다. 언니가 나를 대할 때 어떤 감정인지 모르겠지만 현실적으로 언니로서 동생을 챙겨주려는 것 같다. 언니에게 많은 것을 받았지만 언니와 가깝게 느껴지지 않아 아쉬웠다.

남편과 떨어져 지냈을 때, 언니는 한 번씩 찾아와 나와 아이들을 챙겨주곤 했다. 나에게 찾아와 주고 옆에 있어 주어서 고마웠지만 가끔은 힘든 것은 없는지, 힘든 것이 있다면 무엇 때문에 힘든 건지 물어봐 주고 언니의 생활도 이야기해 주었다면 많은 이야기를 나눌 수 있었을 것이다. 이제는 조금씩 마음을 열어 깊이 있는 대화를 나눌 수 있었으면 좋겠다. 나에게 느끼는 서운함을 꺼내 준다면 그마저도 반가울 것 같다. 어쩌면 감정을 표현하지 않아 언니와 갈등을 일으키지 않고 지내오고 있는 것일지도 모른다. 언니도 솔직하고 싶지만, 감정을 표현하는 것이 어색해 친밀한 관계를 이어 나오는 데 어려움이 있다고 생각한다. 언니와 전화로 다투었던 적이 있다. 싸운 이유는 생각이 나지 않지만, 감정 표현이 어색했기 때문일까? 언니는 화를 버럭 냈다. 어떤 이유로 화가 났는지 설명하지 않고 자신과 다르게 생각하는 나를 탓하는 것으로 느껴졌다. 더 이상 대화가 통하지 않아 전화를 끊었다.

　마치 수수께끼를 푸는 것 같다. 부모님의 마음도 언니의 마음도 남편의 마음도 모두 수수께끼를 푸는 과정 같다. 가족 모두가 자기 마음을 내보이지 않는다. 마음을 내보이지 않으려 애쓰는 것처럼 보인다. 나 또한 남편에게 비난의 말을 들을 때마다 애써 표정을 숨기려 할 때가 많다. 언니도 그동안 자신을 가리느라 얼마나 애쓰고 고생했을까. 한 직장에서 지금까지 버텨내 올 수 있었던 것도 감정을 내보이지 않아서일까? 회사 내에서 업무나 민원인들로 인해 여러 고충이 많고 스트레스도 많을 텐데 계속해서 묵묵히 자기 일을 해왔던 것이 대단하게 느껴진다. 그랬기 때문에 일로 좋은 성과를 얻을 수 있었을 것이다. 하지만 이젠 마음을 열었으면 좋겠다. 자신과 가족을 위해서 감정을 솔직하게 내보일 수 있었으면 한다. 감정과 감정이 만나서 마음이 더 다가가 닿았으면 좋겠다. 나는 언니가 조금씩 마음을 열어 감정을 공유함으로 행복해지길 바란다. 나도 지금 그렇게 되도록 노력하고 있다.

언니의 마음

책을 쓴다고 했을 때 걱정부터 했던 언니가 진짜 마음을 보여주었다. 이야기 끝에 언니는 이렇게 말했다. 그 말이 진심 어리게 와 닿았다.

"심리학 공부가 좋은 거구나."

언니는 친정집에서 만나거나 전화 통화를 할 때 심리학 공부에 이어 글쓰기를 하고 있는 나에게 글은 잘 쓰고 있냐고 물어왔고 나는 단답형으로 잘하고 있다고 대답했다. 매번 잘하고 있냐고 물을 때마다 언니가 정말 나에 대해 궁금한 걸까? 으레 하는 빈말일까? 궁금했다. 현실적인 언니에게 나란 존재가 꿈만 좇는 사람으로 비칠 것으로 생각했기 때문이다.

어릴 적 언니와 나는 감정을 표현하는 방법이 달랐다. 바늘로 찔러도 피 한 방울 안 나올 것 같은 언니와 다르게 나는 내 말이 전달되지 않으면 답답한 마음에 엉엉 울곤 했다. 어렸을 때부터 심지어 성인이 되어서도 가족 간의 대화에서 나의 이야기가 닿지 않는 것으로 느껴졌다. 어린아이처럼 울거나 소리 지르는 것이 일상이었다. 그런 나를 보며 가족들은 인상을 찌푸리며 자리를 피하곤 했다. 내 이야기가 듣고 싶지 않은 것인지 그 이유를 알지 못해 답답한 채로 성장한 나는 가족과의 대화를 포기해 버릴 정도가 되었다. 웬만하면 먼저 전화하지 않았다. 언니에게 전화가 오기 전까지는 전화하지 않았다. 도통 언니의 이야기를 들을 수 없었기 때문이다.

언니에게 전화가 오면 반가우면서도 마음 한편이 불편했다. 대화가 자연스럽게 느껴지지 않았기 때문이다. 거의 내 이야기가 전부였다. 부모님으로부터 안 좋은 소식을 듣게 되면 전화가 왔다. 그러면 나는 부모님에게 했던 이야기를 다시 되풀이해야 했다. 힘들겠다든지 속상했겠다는 말은 들을 수 없었다. 나를 생각해 주는 언니의 마음은 고마웠지만, 일방적인 것 같은 대화는 답답함을 느끼게 했다. 힘들어서 못 살겠다고 엉엉 울며 전화했을 때도 그런 생각 하면 안 된다고 다그칠 정도로 감정에 대한 공감을 말로 하지 못했다. 그런 언니를 공감 능력이 없는 사람이라 판단했다. 자매지간의 다정함은 기대조차 하지 않았다. 그런 언니가 자신의 이야기를 하니 반가웠다. 처음으로 언니와 진솔한 이야기를 하게 된 것 같아 기뻤다.

언니와의 대화를 통해 그동안 하나의 퍼즐 조각으로 남았던 어린 시절 초기 기억에 대한 궁금증을 풀 수 있었다. 초기 기억에 언니가 있었기 때문에 내가 기억하는 장면에 대해 언니의 생각을 알고 싶었다. 나는 초기 기억에 대한 설명을 덧붙이며 어린 시절의 기억이 성인이 되어서도 영향을 미친다고 말해주었다. 언니는 맞은편에 앉아 있는 형부에게 "이 얘기 들으면 충격받을 텐데…."라며 걱정 어린 시선을 보냈다. 형부는 "괜찮아."하며 언니가 말할 수 있도록 힘을 보탰다. 언니는 용기를 냈던 걸까 내가 기억하는 장면에 자신이 기억하는 장면을 덧붙여 말하니 하나의 기억이 완성되었다. 그날의 사건이 이해되었다. 이로 언니와 나는 같은 초기 기억이 있음을 확인했다.

다섯 살 정도의 일로 기억한다. 술에 취했던 아빠는 집에 돌아와 언니를 거실에서 던졌다. 언니는, 언니와 내가 시끄럽게 싸운다는 이유로 아빠가 화가 났던 것으로 기억했다. 그날의 일을 떠올리니 질끈 눈이 감겼다. 폭력적인 성향이 아니었음에도 아빠가 술을 마셨다는 이유로 언니를 던졌다 하니 마음이 괴로웠다. 왜 그랬는지 설명도 사과도 없이 언니와 나를 슈퍼에 데려가 과자를 사주셨다.

언니를 던진 순간 아빠도 술이 확 깰 정도로 깜짝 놀랐을 듯하다. 정신을 차리고 보니 언니와 내가 울고 있고, 어찌해야 할지 몰라 서둘러 언니와 나를 데리고 밖으로 나왔던 걸까? 언니와 나는 감정이 정리되지 않은 채 손을 잡고 슈퍼로 갔다. 놀랐는지, 슬펐는지, 아빠가 미웠는지, 기억나지 않았다. 아빠의 마음도 알지만, 과자 하나로 무마할 수 있는 일이 분명히 아니었다. 어떤 이유에서건 아빠의 행동은 용서하기 힘들었다. 하지만 그 당시 술을 마시고 비틀거릴 정도로 아빠에게 힘들었던 사정이 있었다고 생각하면, 이제는 용서하고 부모님이 편안하시도록 도와드려야겠다는 생각이 든다.

몇 주 후 언니를 다시 만났다. 나는 언니에게 그날의 일에 대해 다시 이야기를 꺼냈다. 언니는 아빠와 사이가 멀어질까 봐 그날의 일을 말할 수 없다고 말했다. 확고히 말하는 언니의 모습은, 너무 단호해 다시 이야기를 꺼낼 수 없었다. 언니와 쌓은 친밀한 감정이 사라져 버리는 듯 좌절감이 느껴졌다. 어렸을 때의 사건 때문일까. 사람 사이에 선을 긋고 자기를 표현하지 않게 된 것이. 언니는 직장 내에서 좋은 직원이자 상사이고 실적도 좋은, 승진 우선순위에 드는 사람이라고 자신을 표현했지만, 난 그 모습이 어쩐지 걱정스러웠다. 언니의 행복이 우선이 아니라 성공이 먼저라 생각하니 마음이 아팠다. 언니가 직장에서 이루어왔던 것들이 자랑스럽게 느껴지면서도 언니를 설명할 수 있는 것이 그게 다가 아닌데, 하는 생각이 들었다. 가족을 위하는 따뜻한 마음과 부모님을 위하는 모습이 언니를 설명할 수 있는 한 부분임을 깨달았다. 언니의 마음 한편에 사랑이 숨어있는 듯, 왜 이제야 알았을까 미안한 마음이 들었다. 언니의 마음을 움직여 마음 한 곳에 쌓여있던 마음의 짐을 내려놓을 수 있게 도와주고 싶다.

최근 언니는 건강검진을 받았다. 대장에 이어 위에서 용종이 발견되었다. 언니 자신도 일과 사람으로 인한 스트레스가 크다는 것을 알지만, 성공에 대한 욕망을 내려놓지 못하는 것으로 보였다. 언니에게 일은 어떤 의미일까? 언니가 그토록 간절히 이루고 싶은 꿈은 무엇일까? 어쩌면 승진이란 건 꿈이라기보다 하나의 목표 정도로 설명할 수 있을 듯하다. 언니 마음속에 품고 있는 또 다른 꿈이 있을 거라는 생각이 든다. 나는 언니가 건강이 안 좋아지면서까지 일을 힘들게 하지 않기를 바랐다. 언니도 그런 내 마음을 알았던 것일까? 스트레스받으며 일을 많이 하지 않겠다고 했다. 나는 그 말을 듣고 안심했다. 이제는 언니가 마음 편히 지내며 일이 아닌 또 다른 꿈을 향해 나아갔으면 하는 바람이 있다. 존재만으로도 소중한 자신을 토닥이고 품을 수 있는 언니가 되었으면 좋겠다.

남편 마음속 어린아이를 만나다

햇볕이 뜨거워지는 여름이 오면 가장 먼저 생각나는 것은 무엇일까? 아이스크림? 바캉스? 워터파크? 바다? 나는 남편의 생일이 떠오른다. 무더운 여름이 오고 초복을 지나면 남편의 생일이 다가온다. 남편의 생일을 잊지 않고 챙겨줘야 한다는 압박감 때문일까. 매해 새 달력이 생기면 제일 먼저 남편의 생일 날짜에 빨간 색연필로 동그라미를 그려 놓는다. 몇 년 전 남편의 생일을 잊고 케이크도 준비해 두지 않아 퇴근하고 돌아온 남편이 굉장히 서운해했기 때문이다. 그 이후로 다시는 그냥 넘어가지 않겠다고 다짐했다. 남편의 생일이 다가올수록 생일을 잊지 않고 챙기기 위해 기록하고, 매일 그 기록을 본다. 남편의 생일이 나에게 긴장으로 다가오는 건 왜일까?

남편의 생일은, 아내와 며느리로서 꼭 챙겨야 할 의무로 다가왔다. 올해 생일도 마찬가지였다. 평소에 쓰지도 않는 편지도 썼다. 아이들에게 편지를 쓰라고 재촉했다. 남편의 생일이 되면 생일을 챙겨주라고 시어머니가 용돈을 보내주시는 것도 생일을 챙겨야 한다는 의무감에 한몫하기도 했지만, 이벤트 없이 생일이 지나가면 남편이 크게 화를 내는 일이 생길 것 같은 두려움이 있었다. 남편 안에 있는 어린아이가 서운함을 느껴 감정을 폭발시킬 거라는 예감이 들었기 때문이다.

"할머니, 내일 아빠 생일이야." 할머니와의 통화에서 둘째 아이가 말했다. 그러자 남편이 말했다.

"난 생일이 없어." 생일이 다가올 때마다 남편이 하는 단골 멘트다. 남편의 생일을 깜빡 잊고 챙기지 못했던 그때부터 시작되었다. 남편에게는 생일이 어떤 의미일까? 존재를 인정받는 날일까? 생일상을 받음으로써 사랑받고 있다는 것을 느끼는 것일까? 온전히 주인공이 되는 순간이기 때문일까? 여러 의문을 품은 채 한 해 두 해를 지나왔다. 변함없이 "난 생일이 없어."라고 외치는 남편의 마음은 무엇일까?

반대로 말하면, 난 생일이 있어. 그러니 내 생일을 챙겨줘. 라고 남편 마음속 어린아이가 말하고 있는 것 같다. 챙김을 받고 싶지만, 그 마음을 솔직하게 말하지 못하는 이유는 무엇일까? 나의 경우에 생일이라고 가족에게 용돈을 받거나 선물을 받으면 고마우면서도 미안한 마음이 든다. 나는 가족들에게 도움이 되지 못하는 존재인데, 가족들이 의무감으로 나의 생일을 챙기는 것이라면, 내가 가족들에게 짐이라는 생각이 들면서 죄책감이 든다. 나는 왜 이런 마음이 들까? 남편도 자신의 존재로 인한 죄책감이 마음 한구석에 있는 것일까? 자신의 존재가 부모에게 짐이 되고 싶지 않은 마음과 사랑받고 싶은 마음이 부딪히면서 갈등을 일으키고 있는 것일까? 여러 궁금한 마음이 일어난다.

나는 궁금했다. 남편 마음속 어린아이는 어떤 모습을 하고 있고 어떤 감정으로 인해 고통받고 있는지 알고 싶어졌다. 특히 자신의 생일이 언급될 때마다 자신은 생일이 없다고 장난스레? 말하면 내 마음이 무거웠다. 그 말을 흘려듣기도 해보았지만 계속해서 내 안에 남아 혼란스러웠다. 태어나면서부터 조부모님, 부모님과 함께 살면서 많은 사랑을 받으며 성장해 왔을 테지만, 그럼에도 마음 한편에 해결되지 못한 감정들이 있는 것으로 보였다.

사람이 태어나서 제일 먼저 만나는 사람은 부모이고, 부모에게 환영받는 것은 당연한데, 내가 시부모님을 대신해서 남편의 존재를 인정해 주고 있는 듯한 느낌이 들었다. 내가 남편을 낳지 않았는데, 생일 때마다 이 세상에 온 아이를 내가 환영해 주고 축하해 주어야만 할 것 같다. 어른이 아닌, 막 태어난 갓난 아기에게 이 세상에 온 걸 환영한다. 엄마 배에서 나오느라 고생했다. 태어나 줘서 고맙다고 나를 통해서라도 남편에게 그 메시지가 전달되었으면 좋겠다. 하지만 아무리 정성 들여 남편의 생일을 준비해도 남편을 완전히 만족시켜 주지 못한다는 생각이 들었다. 어쩌면 남편은 부모님에게 직접 그 말을 듣고 싶은 것일까?

나는 사랑받고 싶은 남편의 마음속 어린아이를 보았다. 남편을 이해하기 위해 남편이 태어났을 그 당시의 상황과 분위기를 상상해 보았다. 부모가 된 지금까지도 남편 마음속에 자라지 못한 어린아이가 남편을 힘들게 하는 것 같은 생각에 속상하고 안타까웠다. 내가 부모는 아니지만, 부모의 마음으로 그 아이를 토닥여 주어 그 아이가 성장할 수 있다면, 남편의 마음이 평온해지도록 도와주고 싶다. 나는 지금 그 아이를 만나러 간다.

남편 마음속 어린아이를 사랑하게 되다

'만나지 말았어야 했는데, 나보다 더 좋은 사람 만날 수 있었을 텐데.' 남편은 가끔 내게 이렇게 말한다. 이런 말을 들으면 난 내심 놀란다. 그렇게 나에게 때로는 심한 말을 하고 나를 비난하던 사람이 맞나 싶다. 그럼 나는 이 말에 '날 만난 걸 후회해?'라고 물어보고 싶었는데 차마 물을 수가 없었다. 진짜 후회한다는 말을 듣게 될까 봐 겁이 났다. 후회한다는 말이 인제 와서 무슨 소용인가 싶어서 굳이 들을 필요도 없는 말이라 생각했다. 남편은 날 싫어하는 게 아니라 결혼생활에 대해 만족하고 있지 못하기 때문이라는 생각이 스쳐 지나갔다. 내가 책을 읽거나 글을 쓰고 강의를 들을 때마다 남편이 "그래서 네 태도가 바뀌었어?"라고 묻는 걸 보면, 상황에 따라 취하는 자세나 마음가짐이 달라 서로가 잘 맞지 않는 것에 대해 불만족스러운 듯 보였다.

결혼생활에 대한 만족도를 자신만의 기준으로 평가를 할 수는 있지만, 상대방이 나에게 보여주는 태도나 행동으로 점수를 매길 수 있을까? 그동안 나는 상대방과 내가 얼마나 서로 이해하고 배려하느냐에 따라 행복이 오는 것이지, 그 사람으로 인해 행복하다 행복하지 않다고 말할 수는 없다고 생각해 왔다. 남편도 한 발짝 물러서기도 하고 가정을 위해 열심히 일한다는 것은 알지만 나의 태도에 대해 지적을 해올 때마다, '태도'란 단어가 들려올 때마다 기분이 나쁜 건 어쩔 수 없었다. 남편은 자신의 지적과 잔소리로 상대방이 기분이 나쁠 수 있다는 것을 생각하지 않는 것 같았다. 자기 말을 듣고 행동으로 옮기지 않으면 자신을 무시한다고 여겨왔다.

태도란 말을 들었을 때 기분이 나쁜 것은 사실이지만, 달리 생각해 보면 '태도'는 남편의 삶에서 매우 중요한 것이라는 생각이 들었다. '태도'라는 단어를 보며 남편의 어릴 적 경험을 떠올렸다. 집 안에서 어른의 말에 토 달지 않고 무조건 따라야 했을 거라고 짐작해 보았다. 울거나 떼를 쓰는 등 감정과 욕구를 드러냈을 때, 남편이 원하는 것에 먼저 귀를 기울여주기보다는 우는 행동에 혼이 났을 거라고 미루어 보았다. 어린 시절의 경험들이 굳어져서 결혼생활에 적용됐으리라 본다.

　울고 떼쓰는 아이가 혼이 나는 모습을 보거나, 내가 떼쓰는 아이를 혼내고 나면 미안하고 안쓰럽게 느껴진다. 어릴 적 남편도 욕구를 알아주지 않아 얼마나 속으로 삭여야 했을까 생각하니 마음이 아팠다. 농사로 바쁘셨던 부모님에게 짐이 되지 않고 도움이 되는 착한 아들이 되려고 얼마나 부단히도 애썼을까 생각하니 눈물이 날 것 같다. 부모님을 도와드리는 남편의 모습은 칭찬받아 마땅하지만, 어리광 부리고 기대고 의지하고 싶은 마음을 내려놓아야만 했을 때 남편은 어떤 감정을 느끼고 어떤 생각을 하고 있었을까. 그 어린아이를 생각하니 내가 대신 도와주고 품어주었으면 좋겠다는 마음이 들었다. 부모님에게 가까이 다가가고 싶지만, 혼이 날 거라는 생각에 참고 누르고 버텨야 했을 남편의 어릴 적 모습이 떠올랐다.

　꼼꼼하고 엄한 아버지셨기에, 아버지 앞에서 실수는 용납이 되지 않았을 것이다. 남편이 실수로 손이 베어 피를 철철 흘렸던 적이 있다. 혼자 힘으로 해결해 보려 했지만 스스로 처치할 수 없을 정도로 피가 흘러 나에게 도움을 요청했다. 밤에 아이들을 재우고 있다가 나와보라는 남편의 말에 거실로 나가보니 남편은 흐르는 피를 막아 보려 붕대를 감고 있었다. 피는 계속해서 뚝뚝 떨어졌다. 나는 남편 손에 두껍게 붕대를 감아주었다. 남편은 이렇게 말했다.

"어휴, 헛짓거리하다 다쳤네. 내 잘못이지. 네가 실수로 다쳤다면 화를 냈을 거야."

다친 손을 붕대로 감고 늦은 밤 응급실에 가 무사히 치료받고 왔지만, 혼자서 수습하려 했던 남편이 안쓰럽게 느껴졌다. 도움이 필요한 상황에서 바로 부모에게 도움을 청하는 것은 당연한데, 남편은 어릴 적 고민이 있거나 힘들 때 바로바로 부모에게 말할 수 없었겠다는 생각이 들어 마음이 아팠다.

나 또한 부모님과 자유로이 소통했던 경험이 부족했다. 혼자 생각하고 혼자 삭이다 보니 한 번씩 감정이 폭발할 때가 있었다. 대화는 어떻게 주고받는 것인지, 감정을 존중받는다는 것이 무엇인지 알지 못했다. 화목한 분위기의 모습일 때도 많았겠지만 대체로 억압적인 환경에서 자라온 남편과 내가 소통이 안 되는 것은 당연한 일일지도 몰랐다. 서로가 자라온 환경에 대한 이해가 부족했기에 부딪히는 일이 잦을 수밖에 없었다. 각자 생각하고 각자 처리하다 보면 서로가 무엇을 하고 있는지 알지 못했다. 뒤늦게 알고 상의를 제대로 하지 않아 갈등이 일어나곤 했다. 어떤 욕구와 감정을 가졌는지 알려 하지 않으니, 서로의 말을 들어주지 않는다고 싸움이 나기 일쑤였다. 같은 패턴의 문제가 반복되어 일어났다.

남편의 어린 시절을 상상해 보고 내면 아이를 들여다보니 나와 비슷한 부분이 있었다. 각자의 내면 아이가 마음속에 웅크리고 있음을 알았다. 남편을 이해하게 된 데는 나에 대한 탐구가 있었다. 남편의 말을 내면 아이를 통해 들어보니, 무조건 이해받길 원하는 어린아이가 남편의 마음속에 존재하고 있었다. 아내는 가장 가까운 가족이기에 자신을 받아줄 수 있는 사람이라 생각했던 것일까. 아내인 내가 남편의 모든 욕구를 충족시켜 줄 수는 없지만, 남편이 살아오면서 겪거나 느꼈던 어려움들을 깊이 이해하려 한다. 이 세상에서 가장 가까운 내 편은 남편이자 아내이기 때문이다. 나는 부부가 함께 성장해 나가는 꿈을 꾼다.

내 마음에 들어오게 된 가족

　근엄한 듯 근엄하지 않은 아빠, 그런 아빠에게 맞추며 살아오신 엄마, 그런 부모님께 자랑스러웠던 언니. 그런 가족을 바라보면서 내적인 방황을 해온 나까지 나의 원가족은 총 네 명이다. 나를 제외하고 서로 비슷한 성격을 가진 가족들이라 생각했지만, 알고 보면 서로 다른 생각과 감정을 가졌다. 서로에게 의지가 되고 도움이 되는 사이이지만 서로가 말하지 못하는 고충이 있다. 불만과 같은 감정들을 내보이지 않았을 뿐이다. 그것이 서로에게 최선을 다하는 방법이라, 화목한 가정을 유지하기 위한 노력이라 할 수도 있지만 때로는 가족들이 보지 못하는 부분들을 보게 되어 속상하다. 가족의 마음이 눈에 들어오기 시작한 순간부터 그 안에서 자란 나의 모습에 한 걸음 더 다가갈 수 있었다.

서로에게 좋은 면만 보이려 노력한다 해도 단점이 보이지 않을 수 없다. 서로를 잘 안다고 생각했어도 알고 보면 서로에 대해 너무나도 모른다. 서로에게 가족이란 어떤 의미인지 궁금하다. 부모는 부모로서 최선을 다해 자녀를 보살피고 당연히 사랑을 주어야 하고, 그걸 부모에게 받아왔지만, 정서적인 결핍을 느꼈던 이유는 무엇이었을까. 가족이 함께 많은 것을 겪어왔지만 그때의 상황에서 서로 어떤 생각을 했고 어떤 감정을 느꼈는지 대화를 나눠보지 못했다. '힘들었겠다. 고생 많았다. 수고했다.' 같은 토닥임을 경험해 보지 못했다. 그런 말들이 아예 오가지 않았던 것은 아니었겠지만 마음 한편으론 그때마다 서로를 위로하고 공감했다면 어땠을까 하는 아쉬운 마음이 있다.

중학생 때 친할머니가 매우 아프셨다. 병으로 인해 병원에 입원하셨다. 엄마는 간병인도 없이 아픈 할머니를 돌봐야 했다. 할머니의 대소변을 받아내야 했고 할아버지의 식사를 챙겨야 했다. 그 당시 우리 가족은 어디를 놀러 가거나 함께 하는 시간이 거의 없었다. 엄마는 병원과 집을 오가느라 정신이 없었다. 엄마는 어떤 불평불만도 없이 할아버지를 챙기고 할머니를 돌봤다. 가끔 학교 갔다 돌아왔을 때 방 안에서 등을 보이며 울고 있는 엄마를 보곤 했다. 얼마나 힘들고 고단했을까. 고생한다는 말 한마디 듣지 못하고 버텨왔던 그 시간을 엄마는 어떻게 보내왔던 걸까. 아빠는 그런 엄마에게 어떤 위로를 건넸을까. 나는 알고 있다. 아빠가 엄마에게 얼마나 고마워하고 미안해했는지를.

부모님이 아픈 할머니를 돌보며 힘들었던 그 시절 언니와 나는 무엇을 하고 있었을까. 그때를 생각해 보면 주말이면 언니와 내가 함께 아이쇼핑을 하든 TV를 보든 같이 시간을 보낼 수 있었을 텐데 역시나 언니와 함께한 기억이 거의 나지 않는다. 무수한 시간을 도대체 어떻게 보내왔던 건지 신기할 따름이다. 가끔 언니는 부모님을 따라 밖을 나가기도 했는데 나는 집에서 좋아하는 아이돌의 스케줄을 미리 파악해 비디오테이프 플레이어에 비디오테이프를 넣어 녹화 준비를 했다. 그 시간에 맞춰 대기하고 있다가 프로그램이 시작되면 바로 녹화 버튼을 눌렀다. 그 가수가 라디오에 나오면 라디오에 테이프를 넣어 녹음했다. 그렇게 나는 혼자만의 시간을 보냈고 그것이 익숙했다. 가족과 함께한 기억이나 추억이 별로 없다. 같은 공간 같은 시간이었지만 각자만의 세계에서 홀로 시간을 보내야 했다.

가족을 이해하려 노력하지 않았다. 혼자 있는 시간이 편했고 그걸 보며 가족들이 관심을 두거나 탓하지 않았다. 공부는 하지 않고 TV만 볼 땐 어김없이 잔소리가 들려왔지만 정작 내가 무엇을 좋아하고 무엇에 관심 있어 하는지 귀 기울여 들어주지 않았다. 고등

학생 때 진로에 대한 고민이 있었고 학원에도 보내주려 하셨지만, 언니의 대학 진학과 맞물리면서 관심에서 밀려난 것 같았다. 언니에게 들어가는 비용들이 있었기 때문에 진로와 관련해 학원에 다니는 것에는 무리가 있었다. 허리를 졸라매야 했다. 엄마는 아빠의 늘어난 러닝과 사각팬티를 입으며 생활비를 아끼기 위해 애쓰셨다. 지금 생각해 보면 내가 혼자만의 세계에서 떠돌았을 때 부모님은 힘들고 고달픈 시간을 보내오셨을 거라는 생각이 든다.

그런데도 그런 부모님을 이해하지 못하고 나를 사랑해 주지 않았다고 투정을 부렸다. 언니만 좋아한다는 생각에 원망의 마음을 갖고 살았다. 어린 시절 부모님께 받지 못한 관심이나 애정에 보상받으려는 듯 결혼생활을 하면서 조금만 힘들어도 부모님께 도움을 요청했다. 많이 의지했다. 의지한 만큼 남편과의 사이에서 충돌이 많았다. 그런 시간을 지나오다 심리학 공부를 하게 됐고 MBTI를 만나게 됐다. 부모님에게 서운했던 마음을 심리학 공부를 하며 흘려보냈다. MBTI 가계도를 그려보며 부모님을 객관적인 시선으로 바라보게 됐다. 그때 처음으로 아빠와 언니가 ISTJ 라 추측해 보았다. 엄마의 유형도 추측해 보았지만, 정확히 알기 어려웠다. 검사 결과 아빠는 ISTP, 엄마와 언니는 ISTJ임을 알게 됐다. 공통으로 ST 유형이었다. 이와 반대로 나는 NF 기질을 갖고 있었기 때문에 외로운 섬처럼 느껴졌다.

NF 기질인 나는 ST 유형의 가족들은 공감하지 못하고 다정하지 못하다고 생각해 왔다. '감정'이란 단어가 내 안에 들어오기 전까지는 내가 정확하게 어떤 성격을 가졌는지, 관계 안에서 어떤 이유로 부딪히는지 알지 못했다. MBTI 공부를 통해 미래지향적이고 공상을 즐기는 사람, 사람 간에 깊이 있는 관계를 원하는 사람임을 알게 됐다. 가족들과 꿈에 대해서 공유하면서 공감의 대화를 통해 친밀감을 느끼고 싶었다. 사실 위주의 이야기를 나누는 ST 유형인 가족들이다 보니 함께 대화를 나누다 보면 공감을 바라던 나는 결국 상처받고 울어버렸다. 부모님과 언니가 의사소통이 원활했던 이유는 서로 경험했던 사실들이나 객관적인 이야기들을 나누었기 때문으로 보인다. 사실 위주의 이야기이다 보니 감정이 상할 일이 거의 없었고 그걸 통해 부모님은 언니를 알고 이해했다. 이런 대화에 익숙하지 못했던 나는 매번 좌절감을 느꼈다. 부모님과 언니는 그런 나를 이해하지 못했다.

S(Sensing)는 현실적인 감각형으로 있는 사실 그 자체에 주의를 둔다. 구체적이고 눈에 보이며 감각으로 입증할 수 있는 것을 선호한다. 효율성에 가치를 두어 자신과 타인에게 쓸모 있고 가시적인 것을 원한다. 미래에 발생할 사건보다 일상생활이나 업무에서 다루어지는 세부 사항을 지향한다. 불확실한 것보다 이미 존재하는 관계를 선호하고 안정성을 중요시한다.

T(Thinking)는 사고형으로 논리적이며 이성적이다. 객관적인 분석에 의한 일관성 있고 논리적인 의사결정을 한다. 정의와 공평성의 기준에 따라 타인과의 관계를 유지한다. 관계를 과제 지향적으로 생각하고 공감만으로 문제해결이 불가능하다고 생각한다. 감정에 휘말리지 않는 일 처리를 한다. 감정의 개입 없이 논박하고 잘못된 것을 밝히고 지적한다. 객관적이면서 명료한 것을 선호한다.

이와 반대로 나는 NF 기질을 갖고 있다.

N(iNtuition)은 직관으로 사실 이면의 가치에 초점을 맞춘다. 가족들과는 반대로 추상적인 의미를 생각하고 아이디어가 많다. 가시적인 것을 넘어 가능성에 가치를 둔다. 안정적이고 이미 존재하는 것을 선호하는 가족들과 달리 새로운 변화를 추구하고 독창성에 가치를 둔다. 모험적이고 진취적이다.

F(Feeling)는 감정형으로 내면의 정서 및 가치에 의존한 의사결정을 한다. 하나의 사실을 알고 있다고 느끼지만 왜 그런지 정확하게 설명하지 못한다. 감정이 결정에 우선시되어, 결정을 내리기 전에 좋고 나쁜 느낌을 고려한다. 논리보다 자신의 감성에 의존하며 헌신과 정감에 가치를 두고 타인과의 관계를 유지한다. 수용적이고 신뢰함을 선호하기 때문에 사람들이 좋아하는 방향으로 결정을 선호한다. 좋게 보이고 싶고 인정받고 싶어 한다.

가족들과 어떤 상황에서 무슨 이유로 부딪히는지 알지 못했던 때에는 부모님은 언니만 좋아한다고 생각했다. 유형이 같기 때문이라는 사실을 몰랐기 때문에 수많은 오해와 판단이 있었다. 지금은 그런 가족을 충분히 이해한다. ST 유형의 남편과 살고 있어서 같은 이유로 부딪히며 서로 맘고생을 해왔다. 이해하라는 말도 중요하지만, 나에게는 이해가 갈만한 구체적인 지침이 필요했다. MBTI는 그런 나에게 객관적인 도구 역할을 충분히 해주었다. MBTI를 공부한 후 ST 유형을 알고 이해하였기 때문에 어렵게 느껴지는 것들을 극복해 나가고 있다. 현 가족에게도 적용해 가고 있다. 가족들이 객관적인 사실 위주의 대화와 논박을 선호하고 잘못된 것을 밝히고 지적하는 것에 익숙하다는 것을 알지만 서로의 마음을 알아주고 이해하려 하지 않는 것 같아 안타깝다.

MBTI를 알기 전에는 해결 방법을 알지 못해 시행착오를 겪었다. 지금은 알고 이해하면서 가족들이 원하는 방식에 맞추어 나를 조율해 가는 과정에 있다. 계속해서 상처받고 좌절할 수만은 없다. 행복한 미래를 꿈꾸기 때문에 지금의 현실이 고달프고 힘들어도 극복하려 노력하게 된다. 몰랐던 부분들이 새롭게 다가오기도 한다. 내가 가진 상처나 아픔만큼 가족들 마음에도 해결되지 못한 감정들이 있겠다는 생각이 든다. 가족들의 마음에 들어가 어루만져 주고 싶다. 가족들을 이해하고 원망의 마음을 흘려보내고 나니 앞으로 함께할 날들이 기대된다. 큰 변화를 바라는 것은 아니다. 나처럼 가족관계가 힘든 사람들에게 나의 경험을 통해 위로하고 힘을 주고 싶다. 그것이 내가 심리학과 MBTI 공부를 통해 받은 마음의 위로와 회복을 돌려주는 방법일 것이다.

가족, 그리고 나

    나는 아주 가끔 친정 식구들이 나오는 꿈을 꾼다. 아직도 부모님에게 풀리지 않는 상처가 있는 것인지 꿈속에서 나는 부모님을 향해 소리를 지른다. 어느 날엔 꿈속에서 부모님에게 이렇게 외쳤다. "사랑하고 있다는 것을 느낄 수 있도록 말해주세요." 어찌나 크게 소리를 질렀던 건지 옆에서 자고 있던 큰아이가 깰 정도였다. 정확한 발음으로 들리는 것이 아닌 으음 으음 하며 소리를 질렀다 했다. 그런데 가장 중요한 건 꿈을 꾼 내가 어떤 말을 했었는지 기억이 난다는 것이다.

    남편과 다툰 어느 날 어느 때보다도 우리의 싸움은 가볍지 않았다. 부모님 댁에서 쓰시던 식물재배기를 딱 3개월만 쓰기로 하고 집에 가져와 3개월이 되었는데도 취소하지 않자, 남편이 화가 나 그만 식물 재배기를 던져 거실 바닥이 온통 물바다가 되었다. 부모님이 대여로 사용하시던 식물재배기를 더는 사용하지 않으신다고 하여 취소하려다 집에서도 사용해 보고 싶어 집으로 가져왔다. 가져오기 전 남편은 딱 3개월만 사용하고 반납해야 한다며 으름장을 놓았다. 남편에게 겨우 동의를 얻어 가져와 사용을 해보니 취소하기가 아까워 시간을 어영부영 보내다 남편이 화를 참을 수 없어 그만 던져버리고 만 것이다.

아무리 약속이라지만 매정하면서도 냉정하게 대하는 남편을 보며 화가나 핸드폰도 챙기지 못하고 지갑만 챙겨 밖으로 나와버렸다. 다시 핸드폰을 가지고 나오려 문을 두드리고 사정을 해보았지만, 문은 열리지 않았다. 나는 옆집에 소란으로 피해를 줄 수 없어 얼른 아파트 밖으로 나왔다.

갈 곳은 딱 한 곳뿐이었다. 친정 부모님 댁이었다. 핸드폰이 없으니, 연락도 할 수 없어 무작정 부모님 댁으로 갔다. 지하철을 타고 부모님 댁으로 가는 도중 아이들 생각이 나 눈물이 쉴 새 없이 쏟아졌다. 눈물이 마스크로 쏟아져 다 젖을 정도였다. 이제 정말 마지막이라는 마음으로 부모님 댁으로 향했다. 아무 연락도 없이 문을 열자 부모님은 황당해하면서 당장 나가라 하셨다. 따뜻한 밥

한 끼를 기대했던 마음과 달리 부모님은 한마음 한뜻으로 경찰을 부르든지 했어야지 왜 이곳으로 왔냐고 온갖 모진 말을 쏟아냈다.

눈물 섞인 실랑이가 이어지다 밥이나 먹고 가라고 밥상을 차려 주셨다. 남편도 아빠에게 전화를 걸어 다시 돌아올 것을 요청했다. 내가 기대했던 건 부모님의 따뜻한 말과 위로였는데 부모님은 나를 왜 밀어내려고만 하셨을까. 지겹게 반복된 남편과의 싸움에 지칠 대로 지치셨던 탓인지, 내가 짐처럼 느껴지셨던 건지 알 수 없었다. '독립'의 '독'자도 생각하지 못했던 철없고 못난 자식이었다. 부모님도 자식을 건강하게 독립시켜야겠다는 당신들만의 육아 철학이 없으셨던 건지, 부모님만의 대응 방식은 나에게 독이 되어 날아왔다. 나는 성인이 되고 부모가 되었어도 여전히 의지하고 싶은 어린아이였다.

나는 궁금하다. 부모님이 어떤 마음으로 우리를 키우셨을지에 물음표가 있다. 아무리 먹고살기 힘든 시절이었어도 자식은 눈에 넣어도 아프지 않은 존재였을 텐데 정말 우리를 사랑하는 마음이 있었을까? 단지 책임감 때문에 짐 같아도 버리지 못하고 옆에 끼고 계셨던 것은 아니었을까? 어려웠던 그 시절 우리가 부모님에게 지친 일상에서 힘이 되는 존재는 아니었던 것일까? 존재만으로 귀하다는 말은 우리에게 사치였다. 어떻게든 살아내야 하는 인생에 걸림돌이 되지 않기만을 바라신 건 아니었을까.

부모가 되어보니 그 마음을 모르겠는 건 아니다. 부모 될 준비를 하지 않아도 부모가 될 수 있기에 살아가는 환경과 그에 따른 마음가짐에 따라 행복이라 느끼거나 혹은 불행이라 느낄 것이다. 긍정적으로 자신의 가정을 바라보았더라면 자녀들과 함께 행복하기 위해 애쓰고 노력하려 했을 텐데, 부모님에게 삶은 단지 헤쳐 나가야 하는 것이었다면 부모님의 마음엔 자녀인 우리가 어깨에 짊어진 무게로만 느껴졌을 것이다. 아빠는 가끔 전화로 내게 "그래도 살아야지 어쩌겠니. 참 딱하다."라고 말씀하셨다. 도움은 주고 싶지만, 줄 수 없는 아빠의 마음이 느껴졌다. 이제 와 생각해 보니 도움을 줄 수 없어 속상하셨던 것 같다. 그 말을 들었을 당시에는 왜 내가 이렇게 젊은데 마치 인생을 다 산 것처럼 앞으로 희망도 없는 사람인 것처럼 말씀하실까? 의문이 들었다. 나는 아빠의 말에 "아빠, 나 아직 창창한 30대야. 왜 그렇게 말해? 나 다 안 살았어."라고 말할 뿐 아빠의 진짜 마음을 알지 못했다.

부모는 자녀의 행복을 바란다. 나보다 잘나고 잘 살기를 바란다. 자녀는 부모에게 희망이기 때문이다. 내가 살지 못한 삶을 살기를 바라고 좋은 사람 만나 결혼하여 사랑받으며 살기를 바란다. 부모에게 받은 사랑보다 더 많은 사랑을 받기를 원한다. 그런 부모의 기대와는 달리 매일 힘들다 전화하고 눈물 바람인 자녀를 보며 부모님은 어떤 감정이 드셨을까? 가슴이 철렁 내려앉고 잠이 안 온다고 부모님은 말씀하셨다. 나는 부모가 되었어도 그 마음을 다 이해하지 못했다. 그랬던 내가 큰아이의 흔들리는 감정에 따라 같이 파도를 타다 보니 그 마음이 이해되기 시작했다. 자녀는 소유물이 아님에도 내 자녀가 잘나고 잘되기를 기대했다. 기대가 컸던 것일까? 기대가 무너진 순간 아이가 미웠다. 내 뜻대로 커 주지 못하는 아이가 마음에 들지 않았다. 아이를 나와 똑같은 한 사람이자 어른으로 대하겠다는 다짐이 무색하게 아이에게 잔소리를 늘어놓고 화를 내었다.

부모님도 내게 기대했던 것만큼 잘 살아주지 못하는 자녀가 원망스럽게 느껴졌을지도 모른다. 사위 탓을 하기도 했지만, 힘든 상황을 버리지 못하고 박차고 나오지 못하는 나를 바보, 멍청이라고 말했다. 희망이 사라진 순간 좌절감이 밀려왔고, 회복되지 않을 거라 낙담했다. 아빠는 나에게 도움을 주어 그 상황에서 빠져나오게 하고 싶었지만, 부모님의 삶마저 힘들어질까 선뜻 손을 내밀지 못했다. 나아지지 않을 거라는 부정적인 생각은 앞으로 나아가지 못하게 했다. 나는 아내이자 세 딸의 엄마이지만, 가족으로만 나를 설명하고 싶지 않다. 누구의 아내, 누구의 엄마가 아닌, 나로서 나를 보고 싶었다. 어떻게 하면 나를 보게 될 수 있을까 고민하며 답답하기도 한 긴 시간 후, 나는 글을 쓰며 온전함을 느끼게 되었다. 주위에 대한 기대로부터 자유로워지니 평안함이 찾아왔다. 나에게 집중하는 순간 그 기대는 나에게로 향하게 되었다. 더 나은 내가 되고 싶었다. 발전하고 성장하고 싶은 욕구를 가진 나를 보게 되었다. 글쓰기로 나에 대해 한 걸음씩 내딛을수록 자신감이 생기고 효능감이 찾아왔다. 자녀에 대한 기대를 내려놓는다 해서 사랑하지 않는 것이 아니다. 엄마인 내가 최선을 다해 내 삶을 살아간다면 아이들도 자신들의 삶을 자신들의 방식대로 살아갈 것이라 믿기 때문이다. 자녀는 부모의 거울이기 때문에, 자녀를 보며 반성하고 성장하기 위해 노력한다. 자녀는 부모의 삶을 보고 배우며 성장한다. 서로에게 거울이 되고 함께 성장해 나가는 것. 그것이 사랑이라고 믿는다.

제 4 장

사랑, 글쓰기로 시작하는
10가지 방법

블로그는 일단 해야 한다는 말

　나에게 블로그 활동은 수익을 바라지 않고 묵묵히 내 생각과 일상을 기록하는 일이다. 리뷰를 작성하여 원고료를 받는다든지 광고노출을 하여 이익을 얻는 것과는 별개로 순수하게 내 생각을 기록한다. 방문자 수나 조회수가 저조할 수밖에 없다. 돈을 벌고자 블로그를 했다면 꾸준히 활동할 수 없었을 것이다. 블로그를 하는 이유는 개인마다 다르다. 나는 블로그를 통한 일상 글쓰기의 매력을 이야기하려 한다.

　블로그를 시작하게 된 계기는 단순하다. 심리학 공부를 하면서 과제로 나의 이야기를 써야 했다. 지도해 주신 선생님의 권유로 일기를 쓰게 됐고, 일기를 쓰다가 블로그를 해보라 하셔서 하게 됐다. 어떤 목적이 있었던 것은 아니다. 일기장에 작성하던 일기를 블로그로 옮겨온 것뿐이다. 잘 쓰려고 노력하지 않았다. 구구절절 '나 속상해요.' 라고 하소연했다. 논리적인 글도 정보성 글도 아니었다. 개인적인 이야기 그 이하도 이상도 아니었다. 글을 써서 마음을 다 터놓으면 마음이 후련해졌다. 글을 쓰고 나면 오늘도 잘 살았구나, 안도했다.

완성도 없는 내 삶에 유일하게 시작과 끝이 있는 것이 글쓰기다. 무얼 하나 시작하면 제대로 끝을 보는 것이 없었는데 글쓰기는 하나의 글로 완성되어 내 앞에 나타났다. 퇴고도 없이 무작정 써 내려간 글이어도 보이지 않는 생각이 글로 표현되니 뿌듯함이 이루 말할 수 없었다. 결혼하고 아이를 낳고 키우며 한 사람으로 인정받는 느낌을 받기 어려웠는데 글을 쓰며 다른 사람이 아닌 나 자신을 위로하고 인정하고 있었다. '글 쓰는 엄마'라는 타이틀을 나에게 선사했다. 아이들을 돌보면서도 새벽이든 낮이든 나를 위해 글을 쓴다는 것 자체로 자부심을 느꼈다.

하소연과 가까웠던 글이 언제부턴가 성찰로 마무리됐다. 상황마다 의미가 떠오르면서 후회의 감정을 느끼기보다 나를 알아가고 성장하게 한다. 누군가 '너는 이렇게 살아야 해'라고 알려주는 것이 아니라 스스로 깨닫는 과정이다. 주변 사람이든 매스컴에 나오는 유명인이든 비교 대상이 넘쳐나고 무엇이 옳은지 그른지도 분간하기 어려울 정도로 정보의 홍수 속에 살면서 마음이 흔들릴 때가 많았다. 그럴 때마다 나에게 집중하면 나와 다른 삶을 사는 사람들을 보며 시기 질투하는 일이 없어졌다. 내 마음이 어디로 향해야 하는지 알려주었다. 글쓰기는 삶의 방향을 안내하고 알려주는 나침반으로 다가왔다.

나를 잘 아는 것은 평생의 숙제인 듯하다. 어른이 되고 부모가 되었어도 다른 사람들의 말에 흔들렸다. 나는 삶의 멘토를 찾아 헤맸다. 내가 어떤 사람인지 알지 못하고 나를 믿지 못하니 스스로 찾고 결정을 내리기보다 다른 사람의 말에 따라가기만 했다. 나의 삶을 이끌어가고 싶지만, 가족들의 말과 시선으로 주춤하거나 멈추었다. 그런 내게 글쓰기는 마음의 중심을 심어주었다. 내가 어떤 사람인지 알려주었다. 대가를 바라지 않고 시간이 될 때마다 글쓰기를 하며 성실한 사람, 꾸준한 사람이라는 것을 알게 됐다. 글쓰기의 방향을 알지 못해 헤매기도 했지만, 꾸준히 글쓰기를 이어갔다. 내 글을 읽어줄 누군가가 있다는 것을 알게 됐기 때문이다.

내 삶이 누군가에게 공감이 되고 위로가 될 수 있다는 것이다. 글쓰기를 지속하기 위해서는 글을 쓰는 목적이나 방향이 명확해야 한다. 우리의 삶도 명확해질수록 안정되고, 안정을 바탕으로 새로운 도전을 할 수 있는 것처럼 말이다. 글을 씀으로 추상적이던 생각들이 현실적으로 와닿았다. 나의 일상을 구체적으로 나열해 보면서 그 속에서 나의 감정과 욕구를 알아가게 되었다. 소설이나 문학작품을 만드는 것이 아니라 진짜 나의 이야기를 쓰는 것이다. 누구에게도 꺼내지 못한 이야기를 글 속에 자유로이 쏟아냈다. 일기장 같던 블로그의 글이 지금의 글쓰기까지 올 수 있었던 이유는 나의 이야기를 솔직하게 꺼내놓았기 때문이다. 글쓰기로 일상을 돌아보면서 성찰하고 반성했다. 글쓰기는 변화의 시작이다.

브런치는 또 다른 세계

블로그를 하며 작가의 꿈을 키워갔다. 그러던 어느 날 타 블로그에 방문했다가 생소한 온라인 주소를 보게 됐다. brunch.co.kr. 궁금한 마음에 들어가 보니 글쓰기 플랫폼이다. 그런데 이게 뭐지? 작가 신청을 해야 한단다. 실제 출간한 작가들이 글을 올리는 곳인가 싶어 주춤하다 작가 신청을 해보기로 한다. 작가 신청을 하기 위해서는 카카오 계정으로 로그인해야 하는데 로그인 화면에 나의 가슴을 뛰게 하는 메시지를 보게 된다.

'브런치 스토리 작가로 데뷔하세요.'
'브런치 스토리로 제안받는 새로운 기회'
'글로 만나는 작가의 경험'

가입해 승인받으면 작가가 되는 건가? 이곳에서 어떤 길이 열릴지 모르겠지만, 설레는 마음이다.

나는 운이 좋게도 한 번에 승인받았다. 작가 신청에서 가장 중요한 부분은 작가소개와 활동 계획을 작성하는 것인데 블로그에 써둔 글을 옮겨왔기 때문에 긴 시간 고민하지 않아도 되었다. (작가 신청을 하는 방법과 팁은 다음 글에서 나눠보기로 한다.) 매일 브런치 앱에 들어가 승인 결과를 확인했다. 작가에 대한 꿈을 꾸고 있던 시기였기 때문에 이곳에서 활동하게 된다면, 작가의 꿈을 이루는 기회가 될 것이라 믿었다. 작가란 길을 어떻게 걸어야 하는지 머릿속에 구체적으로 그림이 그려지지 않았는데, 브런치는 불확실한 미래에 희망의 불씨였다.

며칠 후 띠링, 앱 알림 메시지가 울렸다. 핸드폰 액정을 톡톡 두드려 화면을 켜니 브런치 앱에서 알림 메시지가 와있었다. 두근대는 마음으로 알림을 클릭하니 감동 메시지가 떠 있는 것이 아닌가! '브런치 작가가 되신 것을 진심으로 축하합니다!' 작가 신청에 여러 번 고배를 마신분도 계신다던데 한 번에 승인받다니! 세상을 다 가진 기분이다. 작가의 길이 활짝 열린 듯 나의 마음엔 희망만이 가득했다. 그렇게 나는 브런치 스토리의 세계에 입성하게 되었다.

브런치 스토리에 글을 올리면서 블로그 활동에 소홀해졌다. 블로그에서와 달리 하트가 하나둘 달렸기 때문이다. 블로그에서 느껴보지 못한 관심을 받는 것 같아 기분이 좋았다. 10개 미만의 하트였지만 누군가 내 글을 진심으로 읽고 있다고 생각하니 책임감이 생겼다. 블로그의 글이 노출되기 위해서는 키워드 중심의 글을 써야 하는데 그 방법을 찾지는 않고 조회수가 오르지 않는 것에 답답함을 느끼고 있었다. 조회수가 0인 글이 대부분이었다. 그에 비해 브런치 스토리에서는 빨리 반응이 오니 신기할 따름이었다. 하트가 눌릴 때마다 응원받는 느낌이 들어 행복했다.

브런치 스토리가 블로그와 다른 점이 있다면, 글쓰기에 특화된 플랫폼이라는 것이다. 하나의 매거진을 만들어 글을 쓸 때마다 해당하는 매거진에 글을 모을 수 있다. 그리고 그동안 써왔던 글을 모아 브런치 북을 발행할 수 있다. 브런치북은 책을 만들기 전 초안과 같은 느낌이다. 연재 브런치북도 만들 수 있다. 매주 요일을 정해 연재하는 것이다. 연재 중 독자의 반응을 확인하면서 작품을 완성해 나갈 수 있는 장점이 있다. 구독자가 한 명 두 명 늘면서 내 글에 대한 반응을 확인할 수 있다. 댓글을 통해서 글의 메시지가 잘 전달되고 이해되는지 평가받는 느낌이 들기도 한다.

브런치 스토리를 통해 출판사로부터 출간 제안을 받을 수도 있다. 공모전을 통한 출간 기회도 있지만, 자신의 브런치 안에 제안하기 버튼이 있어 출간 제안을 받을 수 있다. 이미 브런치에는 제안을 통해 출간한 작가들이 많이 있다. 본업이 있으면서도 꾸준히 글쓰기를 함으로 작가라는 부업이 생기게 되는 것이다. 간혹 작가로 전업하신 분들도 볼 수 있다.

특히 다양한 주제의 글을 접할 수 있어 좋다. 어떻게 써야 하는지 방법을 몰라 헤맬 때 다른 작가분들의 글은 교과서가 된다. 주제 선정이나 글의 흐름 등을 보면서 사람들은 어떤 관심사를 갖고 있고 어떤 경험을 하며 살고 있는지 알 수 있다. 때로 우물 안 개구리처럼 느껴질 때가 있는데, 다른 작가들의 글을 읽으며 간접경험을 하게 되어 시야가 넓어지는 느낌이 든다. 전문 지식과 관련된 글도 있지만 일상생활에 밀착된 글은 그들의 일상에 함께하는 듯 가깝게 느껴진다. 글을 읽으며 울고 웃는다. 자신의 이야기가 콘텐츠가 되는 순간이다.

브런치는 아침과 점심 사이에 먹는 늦은 아침, 빠른 점심이라는 뜻이다. 이와 유사한 한국어로 '아점'이다. 주말에 푹 쉬고 일어나 먹는 첫 식사의 느낌이다. 카페에서 여유 있게 빵이나 샌드위치를 먹는 장면이 연상된다. 브런치라는 말속에서 느껴지는 편안함처럼 언제 어디서든 원하는 이야기를 꺼내 읽을 수 있다. 글을 쓸 때

노트북이나 컴퓨터를 켜지 않아도 된다. 브런치 앱에 들어가 떠오르는 메시지를 기록해 작가의 서랍 안에 저장해 두면 된다. 작가의 서랍에 들어가 언제든 수정하고 다시 저장할 수 있다. 브런치 스토리라는 플랫폼은 이름과 다르게 잘 차려진 식사처럼 모든 주제의 이야기가 골고루 올려져 있다. 브런치 작가들은 간식을 먹듯 빵 한 조각을 입에 물고 한 손에는 핸드폰을 들어 가벼운 마음으로 읽고 쓰면 된다. 작가로 승인받지 않아도 가입해 읽을 수 있다. 읽다 보면 쓰고 싶은 마음이 스멀스멀 올라올지도 모른다.

우리 브런치 하면서 만날까요?

글쓰기를 온몸으로 체득하여 삶으로 보여주는 작가들이 모인 곳이 '브런치 스토리'다. 본업 이외에 '작가'라는 부캐를 가진 사람들이 모여 있는 곳이다. 이들은 본업에 충실하면서도 글쓰기도 성실한 작가들이다. 글쓰기를 배운 사람도 있지만 배우지 않아도 누구나 작가라는 이름으로 활동할 수 있다. 브런치 스토리에서 작가로서 글을 쓰기 위해서는 작가 신청을 하여 승인받아야 한다. 지금부터 그 과정을 소개한다.

〈브런치 작가 신청 방법〉

1. 브런치 스토리 PC 화면 또는 브런치 스토리 앱에서 가입한다.

2. 이메일 인증을 완료한다.

3. 화면 좌측 상단의 메뉴 버튼에서 작가 신청을 누른다.

4. 신청 내용을 기입하여 신청하기 버튼을 누른다.

5. 신청 결과는 5일 이내 가입한 이메일, 그리고 브런치 스토리 앱 알림을 통해 안내한다.

출처: 브런치 스토리 / 브런치 작가 신청 안내

브런치 스토리에서는 작가가 누구인지, 어떤 활동을 하려고 하는지에 대한 신청 내용을 받고 있다. 브런치 스토리의 작가 신청 안내 글에 의하면 출판사를 통해 출간한 경험이 있는지, 특정 분야에 전문성이 있는지, 독자들에게 좋은 이야기를 전달한 준비가 되어 있는지 신청 내용을 토대로 검토한다. 이전에 활동한 내용을 참고 자료로, 브런치에서 보여 줄 활동과 첨부한 글을 중요하게 검토하고 있다. 전문 작가가 아니어도 된다. 그동안 써 둔 글로 필력과 잠재성을 보여주면 된다. 글 첨부하기에는 브런치 스토리 활동 계획과 관련된 글로 브런치 스토리에 써 둔 글이나 외부에 작성했던 게시글을 참고 자료로 첨부한다.

〈신청 내용 기입하기〉

1. 자기소개를 한다. (300자 이내로 작성)

(질문 : 작가님이 궁금해요. 작가님이 누구인지 이해하고 브런치 스토리 활동을 기대할 수 있도록 알려주세요.)

자기소개 TIP

- 필명과 함께 나는 어떤 사람인지 소개한다. 필명이나 직업에 관해 설명해도 좋다.
- 직업을 소개함으로 작가가 어떤 전문성을 가지고 있고 어떤 분야의 글을 발행할 것인지 기대하게 한다.
- 글을 쓰게 된 계기(동기) : 언제부터 어떤 이유로 글을 쓰게 됐는지 간략하게 소개한다.
- 글을 쓰는 목적 (삶의 목표와 꿈) : 신념이나 가치, 좌우명을 소개한다.
- 브런치에 글을 올림으로써 기대하는 바 : 예를 들어 작가들과의 소통, 책 출간, 꾸준한 글쓰기
- 개념을 설명하듯 짤막하게 쓰기보다 여러 문장으로 글의 흐름에 맞추어 하나의 문단으로 완성하는 것이 좋다.

예시 1) 전업주부

저는 '이작가'입니다. 세 딸의 엄마이자 글을 쓰는 작가입니다. 현실과 미래 사이 불투명함을 바라보며 내 미래가 조금은 투명해지길 바랐습니다. 엄마로의 삶도 귀하지만 엄마이기 이전의 '나'를 찾고 싶었습니다. 자녀들에게 뚜렷한 삶의 방향과 목표, 그리고 꿈

에 대해 알려주려니 제가 먼저 변해야겠다는 생각이 들었습니다. 답답하고 무기력해지는 현실에서 저를 다잡고자 글을 쓰기 시작했습니다. 셋째 아이를 낳고 백일이 되어갈 때부터 글을 썼습니다. 그 이전에도 작가라는 꿈을 꾸고 글을 쓰는 법을 배워봤지만, 지금이 가장 본격적인 글쓰기의 시작이라 말할 수 있을 것 같습니다. 아이 엄마이지만 아직도 철부지 같은 감성을 가진 제가 아이들과 함께 성장하는 엄마가 되려고 합니다. 이제 그 과정을 기록합니다. 저의 이야기가 누군가에 가 닿기를 바랍니다.

예시 2) 이공계 계통 회사원

저는 공대 출신으로 공기업에서 일하며 OO 대학교에서 OO를 강의하고 있습니다. 저는 이 과목을 강의하는 데 앞서 고민했습니다. 교수법이나 강의 내용에 대한 고민도 있었지만, 그보다 더 중요한 것은 '어떻게 하면 학생들에게 도움이 될까?'에 대한 고민이었습니다. 저는 사회에 나와 필요한 능력 중 하나인 요약과 정리하기를 가르쳐 주기로 했습니다. 학생들이 대학원에 진학하든 취업하든 글을 쓸 일이 많은데 생각 외로 요약정리를 어려워하기 때문입니다. 취직을 위해 자기소개서도 써야 하고, 취업한 후에는 수많은 보고서로 내가 하고 싶은 말을 표현해야 합니다. 대학원에 가더라도 논문을 써야 합니다. 그런데 글을 쓰거나 글을 쓰는 법을 배워본 적이 없습니다. 그러다 보니 공대생들에게 글쓰기는 피하고 싶은 것 중의 하나가 되었습니다. 결국 공대생들에게 글쓰기는 피할 수 없는 과제입니다. 반드시 해야 하는 것이죠. 저는 공대생들을 위해 글쓰기를 시작했습니다. 조금이나마 저의 글이 공대생뿐만 아니라 이공계 계통에서 일하시는 분들에게 희망이 되기를 바랍니다.

출처 : 공대생의 글쓰기 (brunch.co.kr) 이 글을 참고하여 작성하였습니다.

예시 3) 대기업 임원

저는 모 대기업의 임원입니다. 저는 전형적인 ENFP로 회사 생활을 하기 이전에는 즉흥적으로 일을 처리하곤 했습니다. 기업에서 요구하는 성향과는 거리가 먼 사람이었지만, 이 방면에서 잘 해내기 위해 20년이라는 길고 긴 시간 동안 자신을 억누르고 가장하며 살아왔습니다. 임원이 되고 나면 모든 것을 보상받을 수 있다고 생각했습니다. 달콤한 보상의 순간을 위해 내 성향을 무시하고 견디며 살아왔습니다. 그렇게 바라왔던 임원이 된 지 3년이 되었을 때 현실을 깨달았습니다. 내가 가고 있는 방향이 맞는 것인지 의문이 들었습니다. 돈을 좇아 일하다 보니 지금의 내 모습은 내가 원했던 모습이 아니라는 것을 알게 되었습니다. 이제부터 제가 일하며 얻은 통찰과 교훈을 기록해 보려고 합니다. 회사 생활에 회의를 느끼거나 방향을 잡지 못하는 직장인 분들에게 도움이 되었으면 좋겠습니다.

출처 : 나는 ENFP, 20년 차 직장인 (brunch.co.kr) 이 글을 참고하여 작성하였습니다.

예시4) 변호사

저는 워킹맘 변호사입니다. 일하면서 아이 돌보느라 정신적으로 체력적으로 버겁기도 하지만 좋은 변호사가 되기 위해 노력합니다. 전문적인 직업으로 생각하며 오랜 시간 인내해 얻은 변호사 자격증은 생각보다 무거웠습니다. 정신적인 노동이라 생각했던 변호사 일은 많은 물리적인 시간과 노력을 들여야 하는 일이었습니다. 가끔 의뢰인의 날카로운 말들로 가슴 아플 때도 있지만 더 들어주고 이해하려 합니다. 고통스러운 의뢰인의 이야기를 들어주고 공감하려 합니다. 요즘은 더 좋은 변호사가 되고 싶어 단단해진 마음을 가지려 노력합니다. 바쁜 시간을 쪼개 걸으며 복잡하게 엉켜있는 생각들을 정리합니다. 변호사이자 엄마로서 지나온 시간을 기록하려 합니다. 삶에 감사하며 좋은 사람이 되고자 상대의 마음에 귀를 기울이는 저의 이야기를 들어주시겠어요?

출처 : 워킹맘 변호사, 봄에는 조금 더 걷고 단단해져야지 (brunch.co.kr) 이 글을 참고하여 작성하였습니다.

예시5) 교사

저는 교사입니다. 책임감과 의무감으로 교육 현장에서 일했습니다. 그러던 어느 날 마음이 공허해졌습니다. 그때 동료 교사가 책 쓰기를 제안했습니다. 학생을 지도하는 것만으로도 버거웠는데 책 쓰기라니? 당혹스러웠습니다. 친한 선생님의 권유에 생각에 생각을 거듭한 결과 제 마음속에도 교사로서 변화하고 싶은 욕구가 있다는 것을 알게 되었습니다. 책을 쓰다 보니 초등 독서 교육과 글 쓰기에 관심을 가지게 되었습니다. 교사 이후의 삶을 준비하기 위해 공부를 시작했습니다. 교사로서의 경험을 바탕으로 독서와 글 쓰기 교육에 힘써 보려 합니다. 교사로서 자기 계발을 위해 공부 중인 저의 이야기를 들어주시겠어요?

출처 : 교사 자기 계발 시작, "책 쓰기" (brunch.co.kr) 이 글을 참고하여 작성하였습니다.

2. 활동 계획을 작성한다. (300자 이내 작성)

(질문 : 브런치 스토리에서 어떤 글을 발행하고 싶으신가요? 발행하고자 하는 글의 주제나 소재, 대략의 목차를 알려주세요.)

활동계획 작성 TIP

만약 책을 낸다면 어떤 주제와 내용으로 할 것인지 생각해 본다. 평소에 주로 어떤 내용의 글을 읽는지, 어떤 책을 보는지 메모한다. 혹은 일상에서 일기를 써보며 생각을 정리하다 보면 관심사가 무엇인지 알 수 있다.

만약 주제 설정이 어렵다면 브런치 속 다른 작가들의 글을 읽어보는 것도 좋다. 키워드별로 자세히 나와 있으니 그중 관심 있는 분야의 글을 읽으며 나는 어떤 글을 쓰고 싶은지 참고해 본다. 목차의 경우 구체적이지 않더라도 대략 어떤 내용으로 구성할지 나열해 본다. 브런치에서 활동 중인 작가들의 브런치북을 보며 참고해 본다.

예시 1) 전업주부

셋째를 임신하고 심리학을 공부했습니다. 이화여대 평생교육원에서 '부모 교육 코칭 전문가'라는 자격증 수업을 통해 심리학을 만났습니다. 자격증 수업의 큰 주제는 '나를 사랑하게 되는 부모 교육'입니다. 여러 매체를 통해 '나를 사랑하라'라는 말을 많이 들어왔지만, 실제로 나를 사랑하는 방법을 배우는 것은 처음이었습니다. 여러 심리학 이론으로 나를 알아가기 시작했습니다. 나는 어떤 가정에서 태어나 어떤 부모님에게 자라 어떤 영향을 받았는지, 원가족의 특성이 지금 현 가족에 어떤 영향을 끼치고 있는지 분석

하며 나를 알아갔습니다. 그리고 내면 아이를 만났습니다. 저는 엄마가 되어 심리학 공부와 글쓰기로 성장해 나가는 이야기를 전하고자 합니다. 〈딸 셋을 낳는 동안 나는 작가가 되었다〉라는 제목으로 총 5장입니다.

  1장 : 나를 사랑하게 되다
  2장 : 서로 사랑하는 줄 알았던 우리
  3장 : 내 마음속에 들어오게 된 가족
  4장 : 글쓰기로 나를 만나는 10가지 방법
  5장 : 나답게 산다는 것

예시 2) 이공계 계통 회사원

공대생 대부분은 글쓰기가 서툽니다. 글쓰기에 대해 제대로 교육을 받은 적도 없고 중요하다고 생각한 적도 없습니다. 글을 써본 기회가 많지 않아 회사의 수많은 공대 출신 직원들이 상사에게 깨집니다. 내가 하고 싶은 말을 제대로 표현하지 못하기 때문입니다. 공대를 포함한 이공계에서는 열심히 연구하고, 그 결과를 논문으로 쓰거나 특허 출원하는 등의 성과가 훌륭한 연구자를 평가하는 잣대입니다. 하지만 공대생에게도 글쓰기가 중요합니다. 세상에 아무리 좋은 기술이 있어도, 그것은 결국 글로 표현되어야 하기 때문입니다. 영상으로 표현할 수도 있지만, 그 영상 또한 전달하고

자 하는 바를 글로 표현해야 합니다. 콘셉트를 정하고 콘티와 대본을 만드는 것도 글로 써야 합니다. 그 과정을 거친 후에야 비로소 영상으로 표현되는 것입니다. 이뿐만 아니라 좋은 제품도 기술도 글을 통해 일반인에게 전달되어야만 그 가치가 발현됩니다. 그러므로 공대생들이 자신이 가지고 있는 전문 지식을 일반인들에게 잘 전달하는 것이 중요한 역량이 될 것입니다. 저는 〈공대생의 글쓰기〉라는 주제로 공대생들이 글을 잘 쓰는 법에 대해 발행하겠습니다.

1장 : 공대생의 고충과 현실

2장 : 공대생에게 글쓰기가 중요한 이유

3장 : 공대생을 위한 자기소개 비법

4장 : 전문 지식을 글로 표현하는 법

5장 : 글쓰기, 너도 할 수 있어

출처 : 공대생에게 글쓰기가 왜 필요할까? (brunch.co.kr) 이 글을 토대로 작성하였습니다.

예시 3) 대기업 임원

임원이 되는 것이 직장생활의 목표였습니다. 회사에서 인정받아 더 높은 곳에 올라가 주식으로 큰 이익을 남기는 것이 꿈이었습니다. 좋은 동네로 이사가 자녀들에게 질 높은 교육을 제공하고 안정적으로 살길 바랐습니다. 그런데 임원이 되고 3년이 흘렀을 때 '임원이 되어 나는 뭘 하고 있고 뭘 하려는 건가?'라는 생각이 들며 직장생활에 회의를 느꼈습니다. 그동안 만난 임원들도 비슷한 생각을 하고 있었습니다. '얼마나 더 잘할 수 있을까? 임원 생활이 끝나고 뭘 해서 먹고살까?' 돈을 벌기 위해 임원이 된다는 건 처음부터 말이 안 되는 목표였습니다. 스스로 임원 생활을 오래 버틸 수 있다고 생각하는 사람이라면 자신을 객관적으로 바라보아야 합니다. 저는 더 늦기 전에 잠시 멈추어 인생의 가치가 무엇이고 지금 뭘 해야 하는지 생각해 보려 합니다. 20년간의 직장생활과 4년간의 임원 생활을 통해 얻은 통찰과 교훈을 나눠보려 합니다. 저와 같은 고민이 있는 직장인들에게 저의 이야기가 도움이 되길 바랍니다.

〈나는 20년 차 직장인〉이라는 제목으로, 총 5장입니다.

예시 4) 변호사

치열하게 경쟁하고 공부하여 변호사가 되었습니다. 인내로 이뤄낸 변호사라는 직업은 제게 직업 그 이상의 의미가 있습니다. 모범생으로 부모님 속 한 번 썩이지 않은 착한 딸로 살아왔습니다. 그런 제가 엄마가 되었습니다. 저는 상대의 이야기에 귀를 기울이며 공감하는 따뜻한 마음을 가진 사람이 되고자 합니다. 엄마가 되고 좋은 변호사가 되겠다고 다짐하게 되었습니다. 육아와 일, 두 마리 토끼를 잡으며 균형을 잡는 것이 쉬운 일이 아니었습니다. 저는 정신적으로 체력적으로 단단해지려 합니다. 단단한 마음으로 의뢰인의 마음에 다가가는 변호사가 되려 합니다. 변호사와 워킹맘으로서의 저의 이야기를 나눠보려 합니다.

〈나는 워킹맘 변호사입니다〉라는 제목으로, 총 5장입니다.

1장 나는 변호사입니다

2장 무한경쟁, 로스쿨 3년

3장 변호사의 실무 일기

4장 워킹맘 변호사 다이어리

5장 당신의 이야기를 듣습니다

예시 5) 교사

권유로 하게 된 글쓰기가 저의 삶이 되었습니다. 아이들은 종종 저를 작가 선생님! 이라고 부르며 다가옵니다. 글을 쓰며 아이들을 더 사랑하게 되었습니다. 독서와 글쓰기로 얻은 지혜와 경험으로 아이들을 교육합니다. 더 나은 교육자가 되기 위해 노력하고 있습니다. 저는 아이들에게 이야기합니다. 같이 읽고, 같이 쓰자! 저는 함께 쓰고 읽는 삶을 지향합니다. 책을 읽고 글을 쓰며 성장하는 교사의 이야기를 나눠보려 합니다. 〈교사의 자기 계발〉이라는 제목으로, 총 5장입니다.

1장 : 어쩌다 책 쓰기
2장 : 교사의 자기 계발
3장 : 미라클 독서, 미라클 글쓰기
4장 : 나는 책 쓰는 선생님입니다
5장 : 책 쓰기로 성장합니다

3. 글 첨부하기

4. 기존 출간 저서 혹은 활동 사이트 입력하기

5. 연락처와 회신받을 이메일 입력하기

나를 위한 글쓰기

    남편이 전업주부에 대해 가지는 편견 중의 하나는 '자유롭다'이다. 아이들을 학교와 어린이집에 보내면 몸이 자유로우므로 무엇이든 할 수 있을 것으로 생각한다. 남편의 말대로 아이들이 있을 때와 달리 온전한 내 시간이 되는 것은 맞지만, 그 시간이 과연 얼마나 될까? 그 온전한 시간이란 것이 정말 온전한 걸까? 아이들 보내고 설거지하고 청소하고 이른 점심을 먹고 정리하다 보면 그 시간은 찰나가 되어버린다. 초등학교 저학년 자녀를 둔 부모라면 공감할 것이다. 초등학교 4학년인 첫째는 6교시를 제외하고 5교시를 하고 하교하면 오후 1시 30분이다. (둘째 아이는 5교시가 수업의 끝이다.) 학교에서 집으로 오는 시간은 5분이면 충분하다. 횡단 보도를 건너면 바로 집이니 늦으면 1시 40분 정도가 된다. 첫째 아이는 학원 가는 시간 중간에 1시간이 비어 바로 집으로 온다. 아이가 학교에 가 있는 동안 청소하고 TV를 보며 점심을 먹으면 어느새 아이의 하교 시간이 되었다. 하루 중 잠깐의 여유를 즐길 수 있는 시간일 수도 있지만 마음 한편엔 그 시간을 잘 활용하지 못하는 아쉬움이 있었다. 날 위해 무엇을 해야 하는지 잘 몰랐기 때문인 듯하다. 무엇을 좋아하고 잘하는지 알지 못했다. 아이도 잘 돌보고 나의 시간도 잘 보내고 싶은 두 마음이 있었다. 나의 바람과 달리 마음대로 되지 않는다고 느꼈을 때, 소득이 없다고 생각하니 허탈했다. 하루가 가는 것이 아쉽기만 했다.

셋째 임신 전, 첫째와 둘째가 유치원에 다녔을 때는 오전에 운동을 다녔다. 크로스핏, 복싱, 필라테스, 걷기 등 다양하게 운동했다. 동네에 있는 산을 오르기도 했다. 운동에 한참 몰입해 있을 때는 새벽부터 일어나 홈트를 했다. 아이들과 함께 밤 9시쯤 잠이 들어 새벽 서너 시에 일어나 운동 동영상을 보며 홈트를 하고 샤워를 한 후 아침을 맞았다. 홈트만으로는 성에 차지 않자 아이들을 보내고 운동센터를 다녔다. 그러다 코로나가 점점 심해져 센터에 가지 못하게 되었다. 아르바이트를 알아보기도 했지만, 코로나 시기에 사람들이 오가는 곳에서 일하는 것을 가족들이 걱정하였다. 이것도 저것도 하지 못하게 되니 마음이 답답했다. 그러던 중 셋째를 임신하게 되었다. 임신을 하고 거의 집에 있다 보니 무료해 사람도 만나보았지만 즐겁지 않았다.

　임신 중기가 되자 이대로 시간을 보내는 것이 아쉬웠다. 무엇이든 배우고 싶었다. 뭘 해야 할지 고민하던 중 아이 학교 알림 앱을 통해 부모 교육 코칭 전문가라는 자격증 수업을 알게 되었다. 줌으로 진행된다고 하니 가능한 일이었다. 아이를 출산할 때까지 수업을 듣고 자격증을 취득했다. 그때의 공부를 시작으로 지금까지 이어져 오고 있다. 아이를 출산하고 계속해서 심리학 수업을 들었고, 심리학 수업을 들으면서 글과 말로 나의 마음을 표현하게 되었다. 글쓰기의 시작인 셈이다. 글쓰기를 한다는 것은 생각만큼 쉽지 않았다. 나에게는 아이들이 3명이 있다. (당시 첫째는 초등학교 2학년, 둘째는 7살, 셋째는 4개월이었다.) 아이들의 시간에 맞춰야 해, 충분히 혼자만의 시간을 보내지 못했다는 생각이 들면 아쉬움이 들곤 했다.

　낮과 밤 구분 없이 아기를 돌봐야 할 때와 달리, 아기가 밤에 통잠을 자기 시작해 몸에 여유가 생기기는 했지만, 시간을 자율적으로 쓸 수 없다는 것에 한계를 느꼈다. 아이의 생활 리듬에 맞춰야했다. 셋째와 함께 외출하게 되면 유모차 바구니에 노트북을 가지고 다녔다. 아이가 잠이 들면 근처 카페로 가 커피 한 잔을 시켜 놓고 책을 읽거나 노트북을 켜 글을 썼다. 아이는 한 시간가량 유모차에서 잠을 잤다. 작가란 꿈을 열망하였던 것은 아니었지만, 무언가를 해야만 한다는 간절함이 있었다. 육아와 살림, 그리고 남편과의 갈등, 친정 가족에 대한 서운함 등 나를 짓누르는 것으로부터 해방되는 방법은 오로지 글을 쓰는 것뿐이었다.

나는 답답한 마음을 글로 풀어내었다. 책을 내고 싶다는 마음은 있었지만 막연한 느낌이었다. 현실을 벗어날 수는 없고, 그 자리에서 나를 지키는 방법은 오로지 글쓰기였다. 그 자리에 있으면서 익숙함을 벗어 던지고 싶었다. 어린아이를 돌보면서 밤이고 낮이고 글을 쓰는 일이 육체적으로 힘들기도 했지만, 나는 나의 의지를 확인하고 싶었다. 앞을 향해 나아가고 있다는 것을 스스로 증명해 보이고 싶었다.

나는 하나를 생각하면 그것 하나에만 몰입했다. 가정주부이지만, 집안일 외에 하루 종일 글쓰기만 생각하였다. 남편 입장에서 글쓰기로 집안일이 소홀하다 느껴지기도 했다. 엄마나 아내라는 역할보다 자신이 하고 싶은 것에 몰두하는 나를 이기적이라고 말했다. 글쓰기와 잘 병행하고 있다고 생각했지만, 남편에게는 만족스럽지 못했다. 갈등이 끊이지 않았지만, 비 온 뒤 땅이 굳어진다고 하듯이 이런 과정들이 나를 단단하게 했다. 글쓰기를 하면서 남편과 소통하기 위해 노력하였다. 성장통을 겪으며 자라왔다. 글쓰기는 나에 대한 믿음을 키우는 일이었다.

글 쓰는 엄마인 나

　나는 아이가 잠든 시간을 활용해 글을 썼다. 새벽이든 밤이든 낮이든 아이가 잠을 자면 무조건 내 시간이 되었다. 글쓰기는 나만의 약속이자 꼭 해야 하는 일이었다. 글을 써야겠다고 마음을 먹거나 결심을 한 것이 아니었다. 목표를 두지도 않았다. 글쓰기 자체가 생활의 일부이자 숨구멍이었다. 따뜻한 햇볕을 받으며 커피 한잔을 마시는 것처럼 여유가 생기는 듯한 느낌이었다. 아이를 재우면 바로 물을 뜨겁게 끓여 커피 한 잔을 탄 후 책상 앞에 앉았다. 노트북을 켜고 하얀 화면을 바라보는 것, 그리고 떠오르는 생각을 써 내려가는 자체가 쉼이었다. 글쓰기를 습관화하려고 노력하지 않았다. 규칙적인 생활 리듬이 잡혀 있었기에 가능했다. 임신 전 운동을 했을 때도 운동하려고 결심하고 새벽에 일찍 일어난 것이 아니라, 그렇게 하길 원했기 때문에 자연스럽게 알람도 듣지 않고 일어나게 됐다. 내가 정해둔 루틴 그 자체가 나를 살아가게 했기 때문에 힘이 들지 않았다. 루틴대로 해야 마음이 불안하지 않았다.

글을 쓰는 습관이 몸에 베자 시간을 내는 것이 어렵지 않게 되었다. 이때쯤이면 아이가 낮잠을 자겠다 예상했다. 아기가 100일이 되어가면서부터였는지 낮에도 잠을 길게 자기 시작했다. 길게는 두세 시간이었다. 첫째와 둘째가 학교에 간 후 9시에서 10시 사이 아이는 분유를 먹고 잠이 들었다. 그리곤 12시 전후로 잠에서 깨어났다. 아이가 걷기 시작하면서 점차 낮잠 시간이 줄어들었지만, 그럼에도 내 시간을 만들기 위해 노력했다.

글을 쓰다 보니 글을 쓰는 나만의 방법이 하나둘 생겨났다. 시간을 내 글을 쓰는 내가 참 좋았다. 아이를 출산하고 아이에게만 몰두했을 시간에 틈틈이 나만의 시간을 만든 내가 대견스러웠다. 나 자신을 자랑스러워하고 믿는, 효능감을 느끼는 것이 중요했던 시기였다. 할 수 있다는 믿음이 생기면서 나 자신을 믿고 신뢰하게 되었다. 산후 우울증은 어느새 비껴갔다.

글쓰기를 지속하다 보니 글을 쓰는 시간을 확보해야 했다. 틈틈이 떠오르는 생각을 메모한 것을 바탕으로 하나의 글을 써 내려갈 시간이 필요했다. 줄줄이 이어져 나오는 생각과 느낌을 정리할 시간이 필요하다. 글쓰기도 공부와 같다. 공부하기 위해 시간을 내는 것처럼 글쓰기도 시간을 내야 한다. 글쓰기를 위해 시간을 내는 것이 내가 글을 쓰는 첫 번째 방법이다. 아이가 어린이집에 가게 되면서 오전 시간을 활용했다. 주로 아침 10시부터 오후 1시까지 글을 썼다.

두 번째 글 쓰는 방법은 나만의 글 쓰는 장소를 찾는 것이다. 아이를 어린이집에 보내기 전에는 집에서만 글을 쓸 수 있었는데 아이를 보내고 여유가 생기니 장소를 바꿔보고 싶다는 생각이 들었다. 글을 쓰는 사람이라면 공감할 것으로 생각한다. 로망이 있다면 카페에 가서 글을 쓰는 것이었다. 커피 한잔 속 카페인은 나를 각성시키기에 충분했다. 맑은 정신으로 써 내려간 글은 내 몸도 가뿐하게 했다.

세 번째 글 쓰는 방법은 나와 데이트하는 것이다. 기분을 전환하는 것이라 할 수 있다. 영감을 얻는 방법으로 내면의 나와 만나게 된다. '아티스트 웨이'에서 이를 '아티스트 데이트'라고 한다.

아티스트 데이트란 내 안의 아티스트를 깨우는 일이다. 아티스트 웨이에 의하면 소풍 같은 것, 즉 미리 계획을 세워 모든 침입자를 막는 놀이 데이트의 형태를 말한다. 자신과 내면의 아티스트, 나의 창조성이라는 어린아이 외에는 아무도 데려가서는 안 된다고 한다. 오로지 나 자신과 데이트해야 한다.

나는 글을 쓸 때 막히거나 집중이 되지 않는 날에는 억지로 글을 쓰지 않는다. 음악을 들으며 산책로를 걷기도 하고 동네의 작은 산을 오르기도 한다. 간단히 김밥과 커피를 사, 산에 올라 점심을 먹고 커피를 마시고 내려온다. 산을 오르다 보면 이런저런 생각이 떠올라 잠시 멈춰 핸드폰에 메모한다. 순간 떠오르는 생각들은 글쓰기 소재가 된다. 혼자 있는 시간을 통해 에너지를 얻는 내향형이다 보니 혼자만의 시간을 잘 활용하려고 한다. 힘이 되어 일상생활을 잘 해낸다. 매일 반복되는 일상이 지루하고 힘들게 느껴지지만은 않는다.

네 번째, 글을 쓰려면 몸도 마음도 건강해야 한다. 스트레스 관리를 잘해야 한다. 글쓰기 또한 공부나 운동처럼 꾸준히 해야 하기 때문이다. 긍정적인 생각은 건강한 몸과 마음에서 비롯된다. 독자들에게 도움이 되는 글이 되려면 우선 내가 건강하고 행복해야 한다. 마음이 힘든 날이면 객관적인 시선에서 글을 쓰기 어려웠다. 내 마음을 터놓는 글이 될 뿐이었다. 밥도 잘 챙겨 먹고 수면도 충분히 취하면 글은 자연스레 독자를 향하게 되었다.

내가 꾸준히 글을 쓰는 것은 우공이 산을 옮기는 것과 같다. 어리석어 보이는 일일지라도 끊임없이 노력하면 마침내 큰일을 이룰 수 있다는 뜻을 가진 '우공이산'처럼 우직하고 꿋꿋하게 하는 일이다. 엄마이자 아내이기 전에 선한 영향을 줄 수 있는 사람이 되고자 하는 꿈을 이루기 위해 매일 노력한다. 꾸준함이 성공의 열쇠가 될 거라 믿기 때문이다. 여러분의 꾸준한 글쓰기를 응원한다.

라이킷 수, 뭐가 중한디

　글에서 가장 중요한 것은 공감이다. 브런치 작가들의 글을 읽으며 작가들 간의 소통이 활발하다는 것을 알게 되었다. 주고받는 댓글과 라이킷을 보며 부러웠다. 공감도 필요 없을 정도로 내 감정을 쏟아내는 것이 우선이었는데, 브런치에 글을 올리다 보니 나의 글에도 라이킷과 댓글이 올라오기 시작했다. 글을 올리고 나면 괜히 핸드폰을 쳐다보게 됐다. 어쩌다 울리는 앱의 알림이 그렇게 반갑고 좋을 수 없었다. 내 글을 읽고 응원해 주는 것 같아 힘이 났다. 힘들었던 마음을 터놓은 글에는 위로와 힘내라는 응원의 메시지가 올라왔다. 간혹 장문의 댓글이 올라오기도 했다. 마치 누군가 내 옆에서 나를 토닥이며 위로하는 느낌이었다. 나도 같은 마음이었다고 말해주니 나만 힘든 것이 아니었다는 것을 알게 됐다. 다들 비슷한 고민을 하고 살아가는 것을 알게 되니 나의 경험이 누군가에게 도움이 되었으면 했다.

글을 통해 내 이야기를 나누고, 누군가가 읽고 공감할 수 있는 것이 또 다른 의미가 되어 다가왔다. 나의 글을 읽고 반응해 주니 누군가 내 마음을 알아주는 듯한 느낌을 받았다. 서서히 공감의 맛을 알아갔다. 글을 쓰는 초기에 감정을 터놓기 바빠 공감을 받는 것에 관심을 두지 못하다 나의 감정을 바라보듯 쓰면서 하나둘 라이킷 수가 늘어났다. 공감 따위는 필요 없다고 생각하며 쏟아놓았던 글쓰기 단계에서 한 발짝 세상을 향해 나온 느낌이다.

브런치에는 일상을 유지하면서 글을 쓰는 작가들이 많이 있다. 육아나 살림을 마치고, 혹은 직장에서 돌아와 글을 쓴다. 자신의 일상을 솔직하게 고백했을 때 독자들에게 가깝게 다가갈 수 있다. 실제 생활에서의 어려움뿐만 아니라 극복하기 위한 구체적인 실천과 노력이 비슷한 상황에 있는 사람들에게 도움이 될 수 있다. 글쓰기는 자신의 일상을 돌아보는 성찰의 도구이다. 더 나은 모습으로 성장하기 위해 고군분투하는 이들에게 다른 작가의 삶은 거울이 된다. 브런치에 올렸던 글 중 많은 조회수를 기록했던 글을 소개한다.

제목 : 평범함을 지키는 반복의 힘
부제 : 나는 오늘도 반복이 주는 힘을 깨달으며 하루를 버텨냈다.

아이들이 까르르 웃으며 즐겁게 1박 2일을 보는 동안 나는 셋째를 업고 김치볶음밥을 만들었다. 돼지고기 목살을 갈색빛이 나도록 노릇하게 구워 가위로 잘게 자른 후 다진 파를 넣고 볶는다. 다진 파가 돼지고기와 합쳐져 자글자글 익어가는 동안 잘 익은 김치를 꺼내 가위로 잘게 자른다. 요리하는 동안 셋째는 뭐가 그리도 맘에 안 드는지 칭얼댄다. 가까스로 만든 빨간 김치볶음밥을 아이들이 맛있게 먹는다. 아이들에게 매울 수도 있는데 참 잘도 먹는다. 그런 와중에 아빠는 아이들이 그토록 좋아하는 1박 2일을 못 보게 TV 앞을 가로막는다. 급기야 꺼버리기까지 한다.

방에서 TV를 보고 있던 남편이 김치볶음밥 냄새에 거실로 나왔다. 아이들이 TV를 보며 밥을 먹는 것이 마음에 들지 않는지 TV 앞에 선 채 요지부동이다. 일요일 저녁마다 찾아오는 1박 2일을 놓칠 수 없어 아이들은 TV를 보며 밥을 먹길 원했다. 밥을 먹을 때는 식탁에서 먹어야 하고, TV를 보며 밥을 먹으면 안 된다는 신조가 있는 남편은 원칙에서 벗어난 행동을 했을 때 불편해했다. 나도 아이들이 밥을 먹을 땐 핸드폰이나 TV를 보지 않기를 원하지만, 상황에 따라 허용하기도 한다. 특히 첫째는 일요일만 되면 1박 2일이란 TV 프로그램을 기다리기 때문에 좋아하는 것을 못 보게 하고 싶지 않았다. 나는 남편에게 TV 앞에서 나오라고 말하고 싶었지만 그를 말릴 수 없었다. 아이들이 풀이 죽어 고개를 숙이고 밥을 먹는 둥 마는 둥 하자 남편은 어쩔 수 없었는지 TV를 다시 켜준 후 방으로 들어갔다. 그렇게 정신없는 저녁이 지나간다.

매주 돌아오는 일요일 저녁, 그리고 어쩌다 한 번씩 찾아오는 감기까지 온몸이 피곤하고 쉬고 싶은 마음이 간절해도 오늘도 나는 엄마라는 이유로 참고 견뎌내야 했다. 주말에 한 번쯤은 누군가가 나를 대신해 음식을 해주었으면 좋겠다. 그런데 그 누군가는 내 기분을 바라봐주지 않는다. 괜스레 짜증이 섞여 나올 법도 했지만 싸움을 일으키고 싶지 않아 참고 버텼다. 이 평범한 저녁 식사 시간에, 어렵지 않게 만들수 있는 김치볶음밥을 만들기까지 수많은 반복이 있었고, 반복이 쌓아올린 힘으로 나는 아이들의 평범한 저녁 식사를 만들 수 있었다는 깨달음으로 이 시간을 버텼다.

평범함은 반복의 힘으로 쌓아 올린 오늘의 결과물이다. 엄마들이 뚝딱뚝딱 음식을 만들어 밥상을 차리는 것 같지만 그렇게 되기까지 수많은 날이 있었다는 것을, 수많은 반복의 수고로웠던 날들이 있었다는 것을 알아차렸다. 김치볶음밥을 만들면서 말이다. 네이버로 레시피를 찾아보지 않아도 머리로 생각하지 않아도 그냥 만들어 낼 수 있다. 김치와 파, 굴 소스만 있으면 된다. 늘 냉장고를 든든히 지켜주는 김치가 메인 재료다. 그것 또한 수많은 김장의 반복으로 인해 놓여 있다. 시댁에서 늘 가져다 먹는 김치. 김치를 가져다 먹을 때마다 쉽게 가져다 먹는다고 타박하던 남편의 말이 생각이 난다.

평범한 하루를 위해 오늘도 나는 어김없이 이 자리를 지켜냈다. 아침에 일어나 세탁기에 빨래를 넣어 돌리고 널었다. 이불을 탁탁 털어 갠 후 장에 넣고 청소기로 먼지를 빨아들였다. 그리곤 가족들의 밥상을 위해 음식을 만들고 설거지를 했다. 매일 반복되는 일상이다. 공부도 이렇게 집안일 하듯이 반복적으로 했다면 어땠을까 싶다. 아이를 업고 김치볶음밥을 만들며 한숨이 나와도 글쓰는 시간을 생각하며 버텼다. 이것도 글의 주제가 됐으면 좋겠다는 생각으로 평범함과 반복, 일상 이 세 단어를 붙잡았다. 이 단어들로 멋진 문장을 만들어 냈으면 좋겠다는 마음으로 그렇게 나는 김치와 파를 볶고 있던 프라이팬에 밥을 넣었다.

평범함은 누구나가 원하지만 벗어버리고 싶어 하기도 한다. 삶의 주인공을 꿈꾼다. 부자가 되길 원하고 한 번쯤 주목받는 삶을 살고 싶어 한다. 그렇지만 마음 한편에는 평범함을 원한다. 무탈한 하루를 바란다. 어김없이 찾아오는 내일에도 건강하게 일하고 밥을 먹고 잠을 자고…. 평범히 식탁에 온 식구가 둘러앉아 밥을 먹길 원한다. 그러다 어떤 날은 밥을 하기도 싫고 청소도 하기 싫어진다. 자유를 찾고 싶어진다. 평범함이 좋았다 싫었다 한다. 엄마가 된 친구들과 이야기하다 보면 나는 엄마라서 아프지도 말아야 한다고 한다. 실제로 아프지도 않다고 한다.

몸이 쓰러질 듯 아파야 아픈 것이 아니다. 평범한 오늘을 지키기 위해 아프지 않으려 애쓰는 거다. 그 누구도 알아주지 않을지언정 그래도 평범한 오늘을 지켜야 한다. 혼자가 아니기 때문이다. '나'라는 한 사람을 지켜내기 위해서도 규칙적이고 반복적인 것들이 행해져야 하지만, 여러 식구를 살려내기 위해서는 더 큰 반복의 힘이 필요하다. 가족들이 맛있게 먹는 모습을 상상하면서, 오늘도 어김없이 내가 만든 음식으로 온 가족이 둘러앉아 밥을 먹는 것을 생각하면서 힘을 낸다. 재료가 떨어진 냉장고를 보며 가족들을 위해 마트로, 시장으로 향한다.

더 맛있는 음식을 만들기 위해서 동네 시장으로 가기도 한다. 따끈한 수제 두부와 순두부를 사며 맛있게 먹을 아이들과 남편을 생각한다. 때론 갈등으로 힘이 들기도 하지만 그런 날에도 나는 어김없이 밥을 하고 청소를 한다. 10년 20년 30년···. 그 이상 가족의 일상을 지켜낸 어머니들을 생각하니, '반복'이 '정성'이었다는 깨달음이 왔다. 그 많은 날을 지켜내었던 것은 정성의 힘이었다. 하루하루를 정성으로 쌓아

올린 것이다. 그러니 오늘, 잠시만 멈춰 반복이 주는 힘을 느껴보면 어떨까. 분명 평범한 오늘이 감사함으로 다가올 것이다.

(브런치 스토리에 이전에 올린 글로 그때의 느낌을 정리해 보았다.)

셋째가 돌이 지났을 무렵 쓴 글이다. 아이는 졸린 지 칭얼대고 저녁 식사는 준비해야 하니 어쩔 수 없이 아이를 업고 요리했다. 김치볶음밥을 만들다 문득 삶이 무겁다고 생각했다. 이 무게를 버텨내기 위해 삶의 의미를 떠올렸다. 평범한 일요일 저녁의 일상이지만 지금이 있기까지 한 사람 한 사람의 수고가 있었음을 알게 됐다. 엄마로서 고되고 힘든 마음을 누구에게도 털어놓을 수 없어 답답한 마음을 글로 적어내었다. 지금 이 자리에서 김치볶음밥을 만들고 있는 나를 위로하고 응원하는 마음이었다. 내가 이 자리를 지켜낼 수 있었던 이유는 반복과 정성의 힘이 있었기 때문이라는 것을 말하고 싶었다. 나뿐만 아니라 각자의 일상을 버텨내고 있는 많은 사람에게 힘이 되길 바랐다.

다른 이들의 수고에 감사함을 표현하고자 했다. 각자의 수고로 인해 서로가 존재한다고 생각하니 지치고 힘들 때 다시 힘을 낼 수 있었다. 각자의 위치에서 맡은 바 책임을 다하고 있는 많은 사람에게 고마움을 느꼈다. 밥을 먹는 것도 길을 걷는 것도 옷을 입는 것도 모든 것이 감사했다. 농부의 수고로 밥을 먹고 길을 만든 이의 수고로 평탄한 길을 걷고 누군가 만든 옷을 입고, 모든 생활 속에 감사할 수 있는 것이 넘쳐났다. 누군가의 따뜻한 말 한마디로 용기를 받았듯이 나도 누군가에게 위로와 공감의 메시지를 전해주기를 바랐다.

라이킷을 많이 받기 위해 흥미로운 주제를 찾아야 한다고 생각할 수도 있지만 평범하고 사소하게 느껴지는 일들도 사람들의 시선을 붙잡을 수 있다. 우리가 살아가는 현실은 지금 여기에 있기 때문이다. 라이킷의 의미는 위로와 공감, 응원이라 생각한다. 라이킷이 주는 의미는 사람마다 다를 수 있지만 글을 쓰는 사람들에게는 읽어주는 사람이 있고, 내 글에 대한 반응이 있을 때 또 쓸 힘을 얻게 된다. 결국 나의 글이 독자들에게 가 닿아야 하는데, 독자들의 마음을 얻기 위해서는 독자들이 필요로 하는 주제와 메시지를 담을 수 있어야 한다. 가만히 내 마음을 들여다보자. 내가 읽고 싶고 듣고 싶은 메시지가 무엇인지. 내가 원하는 것이 곧 독자가 원하는 것이니.

연애 분야 크리에이터 배지도 받았어요

　결혼하고 11년 만에 남편과 처음으로 호프집에서 맥주를 마셨다. 시댁에 아이들을 맡기고 저녁에 단둘이 밖으로 나왔다. 시댁에서 자고 올 때마다 남편과 같이 나와 마트에 가거나 커피 한잔을 마시며 걷곤 하는데 호프집에 가서 맥주를 마신 것은 처음이었다. 여느 때와 다름없이 깜깜한 밤에 드라이브하고 시댁으로 돌아오는데, 문득 맥주 한잔이 생각이 났다. 비가 와 촉촉한 날, 남편과 밖에서 같이 맥주 한잔을 마시며 이런저런 이야기를 나누면 어떤 느낌일까 궁금했다. 맥주를 사 시댁에서 마시기엔 지금의 분위기를 놓치는 것 같아 아쉬웠다. 남편과의 갈등에서 해방된 지 얼마 되지 않았기 때문에 진지하게 대화를 나눠보고 싶었다.

"맥주 마시러 갈까?" 나는 살짝 머뭇대다 툭 던져보았다. 남편과 대화하고 싶었던 마음이 그렇게 표현되었다.

"사서 집에서 마시면 되지."

"당신이랑 한 번도 호프집에 안 가봤잖아. 집 앞에 차 대놓고 걸어서 가자."

"시간도 늦었는데….."

뜨뜻미지근한 남편의 반응에 어쩔 수 없지, 하며 포기하려는데, 남편이 차에서 내리자마자 가보자고 한다. 나는 남편에게 팔짱을 끼기도 하고 손을 잡기도 했다. 남편은 "가족끼리는 손잡는 거 아니야." 하며 장난스럽게 이야기하면서도 싫지 않은 듯했다. 집에서 남편과 종종 캔맥주를 컵에 따라 나눠 마시기는 했지만, 밖에 나와 남편과 테이블 앞에 앉아 마주 보며 맥주를 마시는 것은 처음이었다. 뜨끈한 어묵탕을 앞에 두고 각자 생맥주를 시켜 마셨다. 남편의 잔은 어느새 비어 갔다. 나는 남편과 이야기를 나누는 재미에 맥주를 마시는 것도 잊어버렸다. 단둘이 있어도 대화를 많이 하지 않는 편이어서 이야기를 나누지 못할까 걱정했는데 시끌시끌한 분위기 때문이었는지 남편과 나는 웃으며 이야기했다. 남편과 이렇게 편하게 웃으며 대화할 수 있었구나, 하는 생각에 즐겁고 행복했다. 당시 남편과 나눴던 이야기의 내용은 잘 기억나지는 않지만, 감사하게도 그때 이후로 남편과 나는 싸우지 않았다. 언제부터 남편의 말에 귀 기울이게 된 걸까? 잠시 되돌아보았다. 내 마음이 원하는 바에 관심을 기울이고 남편의 욕구를 존중하게 된 이후부터 미세하지만 큰 변화가 우리 사이에 일어나고 있었다.

나는 남편의 말에 귀를 기울였다. 남편이 어떤 생각을 하고 있고 무엇을 원하는지 듣기 위해 잠시 내 생각은 내려놓았다. 지금까지 남편과 크게 갈등이 일어나지 않는 이유를 생각해 보니 서로의 욕구를 존중하고 있기 때문인 듯하다. 남편이 나에게 화가 나는 이유는, 자신이 원하는 것을 하느라 아내이자 엄마로서 해야 할 역할에 소홀하다는 것이었다. 내가 하고자 하는 것을 반대하지는 않지만, 응원도 하지 않는 것 같았다. 깊이 관심을 두지 않았다. 남편은 남편으로서 아빠로서 가족을 먹여 살리기 위해 자신의 욕구는 뒤로 하고 직장생활을 하는 것에 불만이 있었다. 전업주부인 나는 남편이 벌어 온 돈으로 고생 없이 쉽게 사는 것처럼 보이니 억울하게 느끼는 것 같았다. 그런데 친정엄마의 한마디가 남편의 마음을 움직인 듯했다.

"나는 아이들 키우면서 나에게 투자하지 못한 것을 후회해. 어렸을 적 꿈이 무용가였는데 엄마의 반대로 무용을 배워보지 못했어. 아이들 키우면서 배웠더라면 아이들 다 크고 나서 무용을 가르치고 있었을 거야."

엄마는 남편에게 빠듯한 살림에도 비용을 들여 공부하고, 육아와 살림을 하며 글을 쓰는 나를 대변해 말해주셨다. 아끼고 또 아끼며 살았던 엄마의 젊은 날들이, 그로 인해 안정된 노후생활을 하고 계시지만, 마음 한편에는 원하는 것을 하지 못한 아쉬움을 갖고 계시다니 안타까우면서도 솔직한 엄마의 마음을 듣게 되어 기뻤다. 부모님과 남편이 허심탄회(?)하게 이야기를 나눈 후 남편도 더 이상 내가 하는 것에 태클(?)을 걸지 않았다. "이제 네 덕을 보는 건가?"라고 장난인지 진심인지 모를 말을 하곤 했다.

남편과 부모님이 대화하고 난 후 남편과 나의 대화에도 물꼬가 터졌다. 냉전 아닌 냉전을 겪으며 조마조마했던 마음이 점차 안정되어 갔다. 남편이 내가 하는 것에 반대는 하지 않지만, 남편이 수고롭게 돈을 버는 것에 억울함을 느끼지 않고 보람이 될 수 있도록 기운을 북돋아 주기를 원하는 것 같았다. 글쓰기로 인해 자신에게 소홀해진다고 생각하면 엄마로서 아내로서 그 역할을 우선으로 생각하지 않는 이기적인 사람으로 보았다.

"내가 너 글 쓰고 책 읽고 하는 것에 뭐라 한 적 있어? 내가 원하는 것은 아침에 일어났을 때 출근하기 전 물 한 잔이라도 가져다주고 배웅해 주는 거야."

나는 남편이 나에게 원하는 것이 정확히 무엇인지 알 수 있었다. 남편이 벌어 온 돈의 대부분을 가족에게 쓰기 때문에 화가 나는 것이 아니라, 가족을 위하는 마음을 알아주지 않는 것 같은 아내가 답답했다. 그 마음을 아내가 알아주고 토닥여 주면 힘이 나서 가장으로서 불만을 두지 않고 열심히 살아갈 텐데, 자신에게 관심을 두지 않는 것처럼 보이는 아내에게 서운함을 느꼈던 것일까? 밥하고 청소하고, 아이들 챙기는 것만으로도 나의 역할을 충실히 하고 있다고 생각했던 나와는 달리, 남편은 좀 더 나와 가까워지고 싶은 듯했다. 부부 사이에서의 소원함이 아내라는 역할에 불성실한 것으로 느껴졌던 것 같다.

최선을 다해 살고 있다고 생각했지만, 서로의 마음에 구멍이 나 있었다. 그 이유는 나의 태도를 돌아보지 못하고 남편에게서 상처받은 나만을 보았기 때문이다. 남편의 마음을 이해하고 더 가까워지려 노력하게 된 데에는 꾸준히 심리학을 공부하며 적용했던 시도가 있었다. 내 상처가 먼저라고만 생각했을 때는 상대의 마음이 보이지 않았다. 감정과 욕구는 자연스러운 것이고 존중해야 한다는 것을 알게 되니 남편의 말과 행동 뒤에 숨어있는 욕구와 느낌에 귀를 기울이게 되었다. 이런 나의 노력이 남편에게 보이지 않게 느껴질 때는 화가 나 싸워도 보았다. 왜 내 마음을 알아주지 않는 건지 따져 물어보았지만 서로 언성만 높아질 뿐 해결점이 보이지 않았다.

결국 답은 내 안에 있었다. 내 마음은 내 것이기에 상대에게 왜 그러냐고 묻는 것은 바보처럼 느껴졌다. 벽에 대고 소리치는 것일 뿐이었다. 남편과 소통이 되지 않아 벽에 가로막힌 것처럼 느껴져도 나는 내가 해야 할 일에 집중했다. 꾸준히 글을 썼다. 남편에게 인정받지 못했다 느껴진 날에는 음식을 만드는 것도 해야 할 일임에도 모든 게 귀찮게 느껴졌다. 하지만 글을 쓰면서 나의 내면을 관찰하니 마음이 지치지 않았다. 마음이 단단해졌기 때문일까? 답이 없다고 생각해 좌절하거나 도망가지 않을 거라는 확신이 마음에 자리 잡기 시작했다. 더 이상 나 자신을 포기하지 않겠다 마음먹었다. 내 인생은 내가 선택한 것이기에 내가 책임을 져야 한다고 생각했다. 글쓰기와 일상생활을 균형 있게 해내길 바랐다. 그렇게 나는 삶을 버텨냈다.

원플러스 원 아이스크림을 함께 나눠 먹으며 집으로 걸어오는데 남편이 말했다.

"이런 날이 오다니!"

"무슨 날? 오늘 무슨 날이야?"

"당신이랑 밖에서 처음으로 맥주 마신 날."

선선한 밤공기 때문일까? 오랜만에 아이들 없이 자유로운 분위기에 몸도 마음도 편해서인지, 화가 났던 마음이 풀어져서인지, 지금의 분위기를 즐기는 듯했다. 엄하게만 느껴졌던 남편과 친구처럼 편하게 웃고 떠들 수 있는 사이가 된 것 같아 기분이 묘했다.

브런치를 시작한 지 3년 차가 되었다. 그동안 나의 브런치엔 가족과 관련된 이야기가 주를 이루었다. 특히 남편과의 이야기가 많았다. 글을 쓴 후 세 가지의 키워드를 설정하게 되는데, 남편과의 이야기에는 '남편, 나, 소통'이라는 세 단어를 택했다. 그래서일까, 나는 '연애 분야 크리에이터'가 되었다.

어느 날 브런치로부터 메일이 왔다.

'안녕하세요, 작가님! 브런치 스토리의 스토리 크리에이터가 되신 것을 축하합니다.'

스토리 크리에이터란?
스토리 크리에이터란 브런치 스토리에서 뚜렷한 주제로 우수한 창작 활동을 펼치는 창작자이며, 작가님의 프로필에 대표 창작 분야를 표시한 배지가 표시되는 것을 확인하실 수 있습니다. ('OO 분야 크리에이터' 배지)
- 출처 : 브런치 스토리

스토리 크리에이터가 된 것을 축하하는 메시지와 함께 설명이 덧붙여 있었다. 연애 분야라 하니 생소하면서도 배지가 달리니 진짜 창작자가 된 기분이 들어 뿌듯했다. 마치 인플루언서가 된 느낌이랄까? 글쓰기를 더 열심히 해 참신한 콘텐츠를 생산해 내라는 격려의 의미로 다가왔다.

스토리 크리에이터로 선정할 때, 네 가지 요소를 고려한다고 한다.

1. 전문성 : 한 주제에 대해 깊이 있는 콘텐츠를 만든다.
2. 영향력 : 구독자 수를 늘려 나만의 팬을 확보한다.
3. 활동성 : 꾸준히, 규칙적으로 글을 올린다.
4. 공신력 : 다양한 활동을 인증하고, 프로필을 꾸민다.

출처 : 브런치 스토리

특히 전문성은 브런치 스토리의 키워드 선택 발행 기준으로 한다고 한다. 글 발행 시 키워드 선택이 중요하다는 것을 알 수 있다. 일관된 키워드 선정과 꾸준한 글 발행이 스토리 크리에이터가 되는 방법이다. 스토리 크리에이터가 되면 크리에이터 배지가 프로필에 표시가 되는 것뿐만 아니라 카카오 주요 채널에 소개될 기회가 많아진다고 하니 꾸준히 일관된 키워드로 글을 쓰는 것이 좋겠다. 글이 여러 채널에 소개가 되면 높은 조회수를 경험할 수 있어

글을 쓰는 보람도 느끼고, 글을 꾸준히 쓰는데 자극제가 되리라 생
각한다.

아이와의 불통, 글을 쓰면 해결될까?

'따라라라라~ 여러분도 음악처럼 오늘도 기분 좋은 하루 보내세요. Have a good day!'

아침 7시, 둘째가 맞춰 놓은 알람이 울린다. 잠이 덜 깬 나는 거실로 가 다시 누웠다. 10분만 누워있을 요량으로. 누군가 내게 안겼다. 귀여운 셋째다. 부드럽고 말랑말랑한 아이의 살결을 만지니 기분이 좋았다. 그러다 화장실 신호에 벌떡 일어났다. 세수하고 화장실을 나오는데 첫째 아이가 냄비에 뭘 끓이더니 김이 나는 냄비를 들고 믹서기에 정체 모를 노란 액체를 부었다.

"엄마." 첫째 아이가 나를 부른다.

"엄마, 이거 안 되는데. 어떻게 하는 거야?"

아이는 믹서기 앞에 앉아 있었다. 나는 작동이 되도록 용기의 방향을 바꿔 놓았다. 위잉, 믹서기가 돌아가기 시작했다.

옷을 갈아입고 주변 정리를 하는 동안 아이들은 직접 토스트를 만들었다. 바쁜 아침 아이들이 스스로 만들어 먹으니 고맙고 대견했다. 맛있게 먹는 아이들을 보며 아침을 챙겨 먹어 다행이라는 생각이 드는 찰나 아이들은 토스트를 들고 거실에 서서 먹기 시작했다.
"얘들아, 식탁에 앉아서 먹어. 가루 떨어지잖아."
나는 가루가 날려 거실이 지저분해질까 봐 신경이 쓰였다. '엄마 이거 먹어봐,' 라고 말하며 내게도 토스트를 건넸으면 대견하고 고마워서 '가루가 떨어지는 것쯤이야 치우면 되지'라고 생각했을까?

안방에서 이불을 개고 나오는데 싱크대 위에 산이 하나 우뚝 솟아 있었다. 그 이름은 일명 설거지 산. 식빵을 굽는 데 사용한 프라이팬부터 냄비, 믹서기, 컵, 그릇 등 한바탕 요리 전쟁을 치른 듯 온갖 용기가 가득했다. 거기에 식탁 위 빵가루와 과자 가루, 식탁 밑에 흘린 부스러기가 혓바닥을 내밀며 나를 약 올리는 듯했다. 아침 8시. 어질러진 부엌을 정리하려는데 첫째가 가방을 들고 나가려 했다.

"지금 학교 가려고?" 평소보다 일찍 나가려는 첫째에게 말했다.

"응."

"이렇게 하고 간다고? 요리는 너희가 하고 엄마는 치우기만 하는 사람이야? 엄마한테 빵 한 조각이라도 먹으라고 주지도 않고 엄마는 너희가 어질러 놓은 거 치우는 가정부야? 사람이 기본 예의가 있는 거야. 자기가 쓰고 정리하는 건 당연한 거라고! 가사도우미를 쓰려고 해도 얼만데! 이제 요리하고 치우지 않으려면 엄마한테 사용료 내!"

"나 친구랑 만나기로 했어. 빨리 나가야 해!"

"친구 만나는 건 네 선택이야. 그런데 요리하고 치워야지. 최소한이라도 네가 쓴 믹서기 연결선 빼서 제자리에 갖다 두던지, 바닥에 떨어진 거라도 줍든지 해야지! 요리사는 요리하면서 정리도 한다고! 네가 밖에 나가서 일한다고 하면 바닥 청소, 설거지, 화장실 청소부터 한다고!"

"그래서 지금 가지 말라고?"

"휴, 오늘은 엄마가 정리할 테니까 다음부터는 꼭 요리하고 정리해. 알았어?"

참으려고 했지만 참을 수 없었다. 요리해서 자기들만 먹고 치우는 건 내 몫이라 생각하니 괘씸했다. 아이에게 정리하는 습관을 길러 주기 위해 정리하라고 말하려는데 가방을 챙기고 나가려고 하는 모습에 화가 차올랐다. 요리하는 건 자기 마음대로 하면서 일

벌여 놓는 건 치우지도 않으니 엄마가 정리하는 게 당연하다 생각하는 것 같아 화가 났다. 나는 아이에게 초등학교 4학년이면 이제 혼자 치울 수 있다고 정리하는 습관을 기르라 말했다. 욕구와 감정 말하기를 배웠던 사실이 무색하게 충고만 늘어놓았다.

아이에게 충고하듯 쏘아붙였지만, 다시 정리해 보니 "네가 요리하면서 즐거우면 엄마도 즐거워. 그런데 요리하고 너희들만 먹고 끝내면 당연히 엄마가 해야 할 일이라 생각하는 것 같아 실망스러워. 엄마는 너희가 요리하고 같이 먹으면서 함께 그 시간을 즐기고 싶은데 엄마는 너희들의 공간에서 제외된 것 같아 속상해. 앞으로는 요리하고 먹고 치우는 것까지 함께하면 좋겠어. 요리하는 과정 안에 치우는 것까지 포함한다면 엄마가 치우는 것에 부담을 덜 느낄 것 같아."라고 말을 하고 대화를 이끌었으면 어땠을까?

화가 난 감정 그대로 아이에게 쏘아붙일 때는 나를 객관적으로 바라보지 못했다. 서운한 감정만이 중요해지고 나의 말을 듣고 상처받을 아이의 모습은 보이지 않았다. '네가 잘못했으니 내가 화를 내는 건 당연해.'라는 생각이 들어 아이를 처벌하려 했다. 지나고 생각해 보니 아이를 탓하지 않고도 내가 원하는 것을 말할 수 있었을 거라는 생각이 들면서 그렇게 하지 못한 내 자신이 실망스러웠다.

아이도, '치우려고 했는데 친구랑 약속해서 나가야 한다고 오늘만 엄마가 해주었으면 좋겠어'라고 말해줬으면 어땠을까? 아이도 밉고 나도 미웠다. 인사도 안 하고 쌩하고 나가버리는 아이에게 화가 나 현관문을 열고 그렇게 가버리면 어떡하냐고 소리 지르고 싶었지만, 마음과는 다르게 나는 싱크대 앞에 서서 고무장갑을 낀 채로 "쟤는 인사도 안 하고 그냥 가버리네."라고 중얼거렸다.

사춘기에 들어선 걸까, 엄마 옆에 찰싹 붙어 조잘조잘 대던 아이가 한 해가 다르게 감정이 변화무쌍해졌다. 전화하다가도 뚝 끊어버리거나 핸드폰만 쳐다볼 때는 나와 이야기하고 싶어 하지 않는 것 같아 서운했다. 아이의 변화를 이해하면서도 마음으로는 받아들이지 못한 것인지 아이가 커가는 모습이 그리 반갑지 않았다. 점점 손이 덜 필요해져 몸은 편해졌지만, 아이와 거리를 두고 지켜봐야 하는 일은 생각보다 인내심을 요구했다.

첫째 아이 친구들이 집에 놀러 왔을 때 나에게 툴툴대며 말하는 첫째를 보며 한 친구가 말했다. "엄마한테 그렇게 말하면 안 돼." 아이에게 한 말이었지만, 어렸을 때의 나에게 하는 말로 들렸다. 내가 아이에게 서운함을 느끼는 것처럼 나의 엄마도 나로 인해 속상하고 서운했겠다는 생각이 들었다. 어릴 적 엄마에게 대들고 화를 내던 내 모습과 지금의 내 아이에게 화를 내는 모습이 겹쳐 보였다.

엄마가 내 말에 화를 냈던 건 당연한 반응이었는지도 모른다. 지금의 나도 마찬가지다. 아이를 탓하지 않고 나의 감정과 욕구를 잘 전달했다면 아이도 나의 마음을 알고 다음엔 엄마에게도 챙겨주고 잘 치우겠다고 말했을 것이다. 서로의 마음이 다치지 않고 서로의 욕구와 감정을 존중하는 대화를 나눴을 것이다.

나는 나를 알아차리기 위해 글을 쓴다. 글로 적어 내려가는 과정은 아날로그이다. 시간을 관통하며 나에게 내 감정과 욕구를 더 세밀하게 관찰할 시간을 준다. 글쓰기는 나를 알아가는 방법이다. 무수히 많은 생각과 감정을 정리할 수 있다. 생각을 걸러내고 정리해내는 것은 내 몫이자 선택이다. 어떤 방향으로 흘러가게 할지는 자기 자신만이 안다. 랄프 왈도 에머슨은 인생의 모든 답은 내 안에 있다고 말한다. 어떤 상황에서든 내면의 목소리에 귀를 기울이면 어떤 결정이든 후회 없이 앞으로 나아갈 수 있으리라고 믿는다. 나는 글을 쓰며 나를 돌아본다. 아이들에게 화가 났을 때 그때의 내 감정과 욕구가 무엇이었는지 생각해 본다. 반성과 성찰의 시간을 갖는다. 내 감정과 욕구를 알아차리고 나를 어떻게 표현해야 하는지 배우고 깨달아간다.

딸 셋과 함께 나도 성장 중

    평소보다 늦게 일어난 둘째 아이는 어기적거리며 거실로 나왔다. 학교 갈 준비는 안 하고 유유자적 만화를 본다. 느릿느릿 옷을 갈아입는다. 나는 셋째를 어린이집에 보내기 위해 옷을 입히고 밖으로 나갈 준비를 했다. 둘째는 가방을 앞에 두고 학교에 가기 싫다고 울기 시작했다. 시계를 보니 교실에 도착해야 하는 시간이다. 이미 수업이 시작됐을 듯해 자포자기하는 마음으로 셋째를 등원시키고 둘째를 학교에 보내기로 했다. 스스로 학교에 갈 것을 기대하지는 않았지만, 시간이 늦었으니 알아서 학교에 가라고 말한 후 셋째를 데리고 밖으로 나왔다.

    역시나 셋째는 어린이집으로 가는 길에 아이스크림! 아이스크림! 을 외쳤다. 아이스크림을 사달라 떼를 쓰는 아이를 데리고 가다 학교 앱을 통해 전화가 왔다. 담임 선생님이었다.

"선혜가 학교에 오지 않아서 전화 드렸어요."
"네."
"선혜는 어디에 있나요?"
"지금 집에 있어요. 저는 셋째를 어린이집에 보내야 해서 나왔어요."
"혼자 등교하지 못하나요?"
"아니에요. 아이가 늦게 일어나서 준비하다 보니 시간이 늦어졌어요. 수업 중에 혼자 들어가야 하니 부끄러운가 봐요."
"네. 늦어도 괜찮아요. 등교하는 게 중요하니 셋째 어린이집에 보내고 꼭 등교시켜 주세요."
셋째에게 아이스크림을 먹이고 싶지 않았으나 꼭 등교시키라는 담임 선생님 전화에 마음이 조급해져 먹이고서라도 보내야 했다. 셋째를 등원시키고 돌아오면서 둘째 아이에게 전화를 걸었다.

"선혜야 엄마 성혜 보내고 가고 있으니까 가방 메고 얼른 나와. 알았지?"
"으응…."

짐작했던 대로 아이는 나오지 않았다. 속상하고 안타까운 마음에 나는 아이에게 왜 밖으로 나오지 않았느냐고, 얼른 나오라고 다그쳤다. 집으로 돌아오면서 아이에게 화를 내지 말고 잘 타이르자 마음먹었지만, 막상 집에 도착해 가만히 앉아 우는 아이를 보니 화가 났다. 당차지 못하고 부끄러워하는 모습이 보기 싫었다. 아이가 주눅 들어있는 모습을 보면 내 어릴 적 모습이 생각나 화가 났다. 부끄러워 인사조차 하지 못했던 어린아이였던 나는 부끄러운 마음을 이해받지 못하고 혼이 났다. 나는 절대 그러지 말아야지 하는데도 한 번씩 화를 내곤 한다.

나는 아이의 마음을 충분히 들어주고 가야만 하는 이유를 설명해 줄 여유가 없었다. 등교할 수 있도록 해달라는 선생님의 전화에 마음이 조급해졌다. 내 할 일을 하지 못하고 시간을 뺏기는 것 같아 화가 나는 것인지 선생님의 전화를 받고 마음이 급해진 건지 구분되지 않았다. 이전에 둘째 아이가 늦게 일어나 학교 가는 시간이 늦어져 버리면 간혹 가지 않겠다고 주저앉아 울었다. 아이가 늦게 교실로 들어가면 부끄러워서 가고 싶어 하지 않는다는 것을 알았기 때문에 아이의 마음을 달래기 위해 애쓰지 않았다.

다그침에도 꿈쩍하지 않던 둘째에게 큰소리를 내어 억지로 밖으로 데리고 나왔다. 엘리베이터를 타고 내려오는데 어깨가 축 처져 고개를 숙이고 있는 아이를 보니 미안한 마음이 올라왔다. 나는 아이의 기분을 망친 채 보내고 싶지 않아 집 앞 편의점으로 데려갔다. 밥을 못 먹어 배고플 것 같았다. 편의점 앞에 다다라 아이를 꼭 안아주었다. 그리곤 아이에게 이렇게 말했다.

"엄마도 어렸을 때 많이 울었어. 그런데 어른들이 다 하나같이 울지 말라고 다그쳤어. 그래서 울지 않고 말하는 법, 마음을 정리하는 법을 잘 몰랐어. 엄마도 많이 울었기 때문에 선혜의 마음을 잘 알지만, 울기만 하면 아무것도 할 수 없더라고. 엄마는 선혜가 부끄럽다고 해서 달팽이처럼 집 안으로 쏙 숨지 않았으면 좋겠어. 선혜 요리사 되고 싶다고 했지?"

(고개를 끄덕인다.)

"요리사가 되면 일하고 싶지 않다고 안 하고, 하고 싶을 때만 하고 그렇게 하지 못해. 성실해야 해. 성실 하려면 지금부터 선혜도 자신이 해야 하는 일에 책임을 지는 연습을 해야 해. 알았지? 엄마가 화내서 미안해. 다음엔 울지 말고 너의 마음을 이야기해 줘."

아이는 이해가 되었는지 고개를 끄덕여 보였다. 아이가 진정이 된 것 같아 먹고 싶어 하는 것을 고르게 했지만 아이는 고개를 숙인 채 내 옆에 가만히 있었다. 아이가 직접 고르지 않자 "이거 먹을

래? 이건 어때?"라고 물었다. 나는 아이가 좋아하는 육개장 사발면과 자두 맛 쥬시쿨, 그리고 초코 바나나 볼 아이스크림을 골랐다.

둘째 아이와 편의점 앞 테이블에 마주 앉아 컵라면을 먹었다. 양갈래로 묶은 아이의 머리카락이 컵라면 국물에 닿을락 말락 했다. 어깨가 축 처져 울던 아이는 눈물을 그치고 호로록 라면을 먹었다. 감칠맛 나는 따뜻한 국물과 꼬들꼬들한 면발을 먹으니 기분이 좀 나아진 듯했다.

"가자."

나는 아이의 손을 잡고 학교로 향했다. 아이는 반 앞까지 데려다 달라고 했다. 교문으로 들어서 아이와 함께 반으로 가려는데 학교 앞에서 안내해 주시는 분이 엄마는 교실까지 갈 수 없다고 해 아이와 곧 헤어져야 했다.

"사랑해."

나는 아이를 꼭 끌어안았다.

아이를 다그치며 학교에 보낼 수도 있었다. 지각과 결석을 하지 않는 것이 당연하게 여겨졌던 나의 학창 시절과 달리 풀어져 보이는 듯한 모습이 이해되지 않기도 했다. 무조건 제시간에 맞춰 가야만 했고, 해야만 하는 것에 이유를 달지 않았던 나와 달리 감정의 변화에 따라 행동이 달라지는 아이를 이해하고 품지 못했다. 그런 아이에게 화를 내었던 것을 사과하고 차분히 설명하고 설득하게 된 것은 글쓰기 덕분이다. 글쓰기로 마음의 소리를 들어왔기 때문일까? 내 뜻대로 움직여지지 않는 아이에게 화를 내었던 것을 금방 후회하고 본심의 말을 들었다. 속상한 마음을 달래주고 등교할 수 있도록 해야겠다는 마음이 올라왔다. 아이를 사랑하기 때문에 화를 가라앉힐 수 있었다. 글쓰기는 나에게 사랑을 알려주었다.

남편의 마음이 내 맘에 들어오는 순간

"잘 때 애들 이불도 안 덮어주고 혼자만 덮고 잤지?"

"아니야, 애들 이불 덮어줬어."

"밤새 애 기침하는 거 못 들었어? 창문도 다 안 닫고 잤지?"

"창문 거의 다 닫았어."

"창문 열려 있었어. 애들은 이불 덮고 있지도 않고 너 혼자만 돌돌 말아서 자고 있고!"

남편은 출근하기 위해 신발을 신으면서 잔소리를 쏟아냈다. 나는 이 상황을 예측하고 자기 전 아이들에게 이불을 덮어주고 창문을 닫았지만, 잔소리를 피할 수 없었다. 뜨거운 여름이 지나가고 찬 바람이 불기 시작했다. 겨울 이불을 덮고 자기엔 애매할 것 같았지만 남편의 잔소리를 듣고 싶지 않아 어쩔 수 없이 도톰한 솜이불을 덮어주었다. 얇은 이불을 덮어주었다가 다시 두꺼운 이불을 살짝 덮어주었다. 가을 절기가 시작되었지만 두꺼운 이불을 덮을 정도로 쌀쌀하지는 않았다. 나는 시원하게 느껴지는 밤공기가 좋아 창문을 살짝 열어놓았다. 살짝 열어놓은 창문이 남편에게 잔소리 거리가 될 줄은 몰랐다.

남편의 말을 그대로 들으면 혼자만 이불을 덮고 잔 나를 혼내는 것으로 느껴진다. 아이들이 감기에 걸리지 않기를 바라는 남편의 마음은 알지만, 지적하는 듯한 말투에 기분이 좋지 않았다. 자다가 일어나 아이들에게 이불을 덮어주지 않은 나를 타박하는 것 같다. 아내인 나는 잘 잤는지 안부를 확인하지 않고 아이들만 신경 쓰니, 남편에게 더 이상 걱정의 대상이 아닌 것 같아 서운함이 밀려왔다. 남편의 명령과 지적 같은 말을 듣고 있을 땐 남편의 욕구와 감정이 들려오지 않는다. 아침부터 타박하는 남편의 목소리가 귓전을 때린다.

글을 쓰기 이전에는 '남편 또 화났네. 나한테 왜 그래? 진짜 듣기 싫다. 내가 못 하면 자기가 하면 되지. 왜 나한테만 신경 쓰라고 하는 거야?'라고 생각했다. 굵은 목소리에 힘까지 들어가니 명령하는 것으로 들렸다. 나는 그 명령에 따라야 하는 부하가 된 듯했다. 나도 모르게 변명을 내뱉었다.

"아니야, 내가 안 그랬어. 애들이 걷어찬 거야. 덮어줘도 계속해서 이불을 찬다고."

마음속 이야기가 실제로 내 입에서 나왔다면 어떻게 되었을까? 남편은 출근하려다 말고 가방을 던지고 욕설을 내뱉었을 것이다. 나는 두 가지 마음이 동시에 일었다. 남편의 말이 잔소리로 다가오면서도 아이들을 걱정하는 마음이 느껴졌다. 남편의 목소리가 나를 치고 튕겨 나갔다. 차분하게 그 상황이 해결되도록 기다렸다. 남편은 더 이상의 말 없이 집을 나섰다. 나는 글쓰기의 효과라고 믿는다.

글을 쓰면서 상대방의 마음을 들여다보고 이해하는 훈련이 되어서일까? 남편의 말에 이유가 있다고 생각하니 더 이상 화가 나지 않았다. 환절기로 아이들이 감기에 걸릴까 걱정하는 마음 때문이라고 생각했다. 남편의 감정과 욕구를 헤아리는 것이 익숙하지 않았을 때는 남편이 나를 배려하지 않고 말하는 것 같아 화가 났다. 나는 잘하고 있는데 남편은 어떻게든 나를 탓하고 비난하려는 것 같아 억울한 감정이 들었다.

글을 쓰면서 상대의 마음을 파악하는 일이 어렵게 되지 않자 남편이 무엇 때문에 화가 나는지 알 수 있었다. 일방적인 것만은 아니라 생각하니 속상하지 않았다. 마음에 쌓아두지 않았다. 남편이 아빠로서 아이들을 걱정하는 마음이 느껴져 싫지만은 않았다. 걱정하는 마음이 크다 보니 표현이 과장되거나 거칠게 느껴지는데, 그 마음을 그렇게 표현하는 이유가 무엇인지 궁금해졌다. 원망하는 마음을 걷어내니 남편의 진짜 마음이 알고 싶어졌다. 나는 남편이 화가 날 때 남편의 욕구를 알기 위해 관찰하기 시작했다.

'글쓰기'가 주는 효과인 듯하다. 일상 속 이야기를 쓰다 보니 관찰해야 했고 논리적인 글의 구조와 성찰로서의 마무리를 위해 상황의 원인을 분석해야 했다. 상황을 쓰다 보면 그때의 일이 생각나면서 화가 치밀어 감정을 막 쏟아내기도 했지만, 나의 글이 독자에게 읽힌다고 생각하니 객관적으로 보게 되었다. 추측이 아닌 사실을 써야 했다. 글을 명확하게 쓰려고 하다 보니 자연스럽게 나의 행동을 돌아보고 반성하게 되었다.

남편의 말을 통해 느껴지는 감정들을 외면하지는 않았다. 나의 감정 상태를 관찰하면서 동시에 남편의 마음을 헤아리고자 했다. 남편의 마음을 이해하면서 속상한 마음을 흘려보냈다. 걱정하는 마음 또한 가족을 위한 것으로 생각하니 고마운 마음이 들었다. 잠이 들기 전 남편의 잔소리가 떠올라 아이들에게 두꺼운 이불을 덮어주고 창문을 닫는 등 신경이 쓰이긴 했지만, 남편이 걱정하지 않도록 아이들을 잘 챙겨야겠다고 마음먹게 되었다.

글쓰기는 사람을 성숙하게 하고 성장하게 한다. 스스로 깨닫게 하는 힘이 있다. 누군가가 마음을 토닥여 주고 원인을 분석해 주는 것이 아니라 오로지 나의 힘으로 하는 것이다. 그리고 자신을 객관화하여 바라볼 수 있게 한다. 내가 무엇을 원하고 있었고 어떤 감정을 느끼고 있었는지 돌아보게 한다. 나를 사랑하고 존중하는 방법이다.

스티븐 킹은 글쓰기의 핵심에 대해 말했다. 글쓰기는 자기 삶을 풍성하게 만드는 것이라고. 자극하고, 발전시키고, 극복하게 만드는 것, 행복해지는 것, 이것이 궁극적인 목적이라고 한다. 나는 글을 쓰며 글을 써야만 하는 이유에 대해 생각해 왔다. 작가로서의 업이 아닌, 한 개인으로서 글쓰기가 어떤 의미가 있는지 알고 싶었다. 나의 이야기를 기록하여 무엇을 얻을 수 있을지 궁금했다. 결국 글쓰기란 자기의 삶을 풍성하게 만드는 것이라는 말에 고개가 끄덕여진다. 숙제라 생각하면 지속하기 어려운 것이 글쓰기이지만 자신의 마음이라는 동굴 속을 탐험하는 재미에 푹 빠진다면 글쓰기를 결코 멈출 수 없을 것이다.

제 5 장

나를 사랑하게 된다는 것

내 삶을 선택하기

달팽이가 알을 낳았다. 둘째가 할머니 밭에서 데려온 달팽이를 키운 지 두 달여 만이다. 집에서 키우는 달팽이가 알을 낳았다는 블로그 속의 글을 읽으며 부러워만 하다 실제로 하얗고 작은 알을 보니 신기하고 감사했다. 내가 만들어 준 환경이 달팽이들이 살기에 괜찮은 상태임을 확인받은 것 같아 뿌듯했다. 나는 부직포 행주를 채집통에 깐 후 상추를 올려놓아 달팽이 집을 꾸몄다. 새 행주 위 물기가 마르지 않은 싱싱한 상추를 올려놓으니 5성급 호텔 부럽지 않은 달팽이 호텔이 만들어졌다.

나는 '짜잔' 하고 마음속으로 외치고 달팽이들을 깨끗이 청소한 집에 넣어주었다. 집 벽에 붙어있던 배설물을 치우고 나니 내 마음에 있던 불순물이 떠내려간 듯 마음이 차분해졌다. 달팽이들은 패각 속에 숨어있다 몸통을 내밀고 활발히 움직였다. 마치 새집에 이사 온 듯 내 마음도 환기되었다. 달팽이가 여러 마리이다 보니 누구의 알인지 알 수 없지만 마치 결혼한 자녀가 아이를 가진 듯한 느낌이었다. 달팽이들이 무럭무럭 자라 알까지 낳으니 감회가 새로웠다.

달팽이의 행복이 무얼까 생각하다 자연으로 방생해 주려고 했지만, 요즘같이 더운 날엔 달팽이들이 살기 힘들 것 같아 집에서 키우기로 했다. 네모난 통 안이 사람이 보기에 좁고 낮은 환경일 수 있지만, 작은 달팽이들에겐 자신을 보호해 주는 안정된 공간이 될 듯하다. 해충이나 날씨에 영향을 받지 않고 때때로 제공되는 신선한 채소를 먹을 수 있어 이만하면 훌륭한 달팽이 생이 아닐까. 비록 달팽이들이 자신의 환경을 선택한 것이 아니고 외부의 힘으로 이곳까지 왔지만, 생명을 데려온 만큼 끝까지 달팽이의 생을 책임져야겠다는 생각이 든다. 처음에 데려온 수보다 반 이상 줄어 속상했는데 알을 낳고 새로운 식구들이 생길 상상을 하니 뿌듯하다.

달팽이 몸통을 가만가만 만져보면 신기하게도 달팽이들이 좋아하는 느낌이 든다. 마치 강아지들이 주인의 보살핌에 행복해 보이는 것처럼 달팽이들도 꼬리를 흔들고 있을 것 같다. 교감을 나누는 듯 소통의 행복을 느꼈다. 아이들이 부모의 스킨쉽에 편안해하는 것처럼 달팽이도 편안해하고 있을까? 분주한 주말을 보낸 후 새로운 한 주를 맞이했다. 다시 노트북 앞에 앉아 하얀 화면을 마주하니 조금 막막했는데 달팽이 덕분에 마음에 평온을 얻었다. 글쓰기에 갈피를 잡지 못해 혼란스러움을 참고 있다가 처음으로 하얗고 둥근 알을 보니 마음에 새로움이 싹트기 시작했다. 달팽이들은 여러모로 고마운 존재들이다.

달팽이를 키우며 2~3일에 한 번 집을 청소해주고 시간이 날 때마다 분무기로 물을 뿌려준다. 힘든 일은 아니지만, 워낙 작은 동물이고 관리가 어렵지 않다 보니 달팽이의 존재를 잊을 수도 있다. 그러다 보니 돌발상황이 발생했다. 패각 속에 벌레가 있다! 이제까지 정성스럽게 돌보던 달팽이들이 그들의 별로 떠날 수 있다고 생각하니 안타깝다. 패각 속 작은 하얀 벌레를 죽이기 위해 달팽이에게 사용할 수 있는 벌레 퇴치제를 구매해 벌레가 보일 때마다 뿌려주고 있다. 세심한 돌봄이 필요하다는 것을 알게 된다. 달팽이에게 맞는 돌봄의 방법이 있어야 하듯이 나 자신에게도 나에게 맞는 방법으로 세심한 돌봄을 해야 한다는 생각이 문득 든다. 나를 세심하게 돌보는 방법은 글을 쓰는 것이다. 글을 쓰며 나를 정확하게 알아차리게 된다.

사람들을 대할 때 느껴지는 감정을 최대한 배제하고 얼굴에 드러나지 않게 하려고 애를 쓰느라 에너지가 소모될 때가 있다. 상대와의 관계 유지를 위해 내 생각이나 의견을 말하기보다 상대의 말에 수긍하듯이 반응한다. 상대에게 상처를 주지 않고 관계를 흐트러트리지 않기 위해 감정을 표현하지 않으려고 애쓰게 된다. 때로는 나를 궁금해하고 관심을 가져주길 바라지만 기대는 실망으로 돌아오리라 생각했다. 내 생각과 감정을 말하지 않는 것이 당연한 것으로 여겨졌다. 나에 대해 말하고 싶고 표현하고 싶은 욕구가 있지만 당당하게 나를 드러내기란 어려웠다. 글을 쓰기 이전에는 내면에 채워지지 않는 욕구가 있어서인지 외부에서 채우려고 노력했다. 그래서 사람들과 관계를 맺으려고 내 나름대로 노력하기도 했다. 하지만 글을 쓰면서부터는 외부와의 관계를 맺으려 지나친 노력을 하지 않아도 되었다. 자연스럽게 혼자 글을 쓰며 시간을 보냈다. 그 시간이 내면의 나와 대화를 시작하게 된 계기가 되었다. 그렇게 하다 보니 어느덧 마음 깊은 곳에 있는 무의식 속의 나를 발견한 듯했다. 내면의 진짜 마음을 알아갔다. 나의 마음을 알아가게 되면서 주변 사람들의 마음도 자연스레 이해하게 되었다.

　나는 글쓰기를 통해 내가 무엇을 원하고 있는지, 어떤 감정을 느끼고 있는지 알아간다. 나의 말이나 행동을 보며 반성하고 개선할 수 있는 방법을 찾게 된다. 현실에서 도망가고 싶어 미래의 희망만을 보며 살아왔던 내가 현실 속 나와 마주하고 나를 제대로 알아가기 시작했다. 진짜 나를 알기 위해 글쓰기를 선택했다. 글쓰기로 나만의 환경을 가꿔 나가고 있다. 나는 나의 현재를 만들어 나가는 중이다.

마음을 표현해야 하는 이유

부엌 한쪽 벽엔 늘 그렇듯이 3단 줄줄이 액자와 달력이 걸려있다. 줄줄이 액자 속에는 10년 전 신혼여행지에서 찍은 사진이 들어가 있다. 사진 속에서 남편과 나는 환히 웃고 있다. 팔짱을 끼고 있거나 손을 잡고 있다. 누군가 사진 속 그들에게 지금이 가장 행복할 때이니 맘껏 즐기라고 말하는 듯하다. 그들은 나에게 묻는다. 10년 후 우리는 여전히 행복하냐고. 지금 당신들은 잘살고 있냐고. 미래의 나이자 현재의 나는 답한다. 그렇지 못한 것 같다고. 우리에게 변화가 필요하고, 변화를 위한 노력이 절실하다고 말한다.

"엄마, 벽에 걸려있던 사진이 없어." 둘째 아이가 말했다.
"그러네." 나는 놀랍지도 않은 일이라는 듯 대수롭지 않게 말했다. 그곳에 액자가 걸려있는지 없는지 의식조차 하지 못했다.

"아빠가 저기에 치웠어." 셋째가 수납장 위를 가리키며 말했다.

둘째는 익숙한 듯 피아노 의자를 밟고 올라가 액자를 꺼내 다시 벽에 걸었다. 나는 마음속으로 우리 집 액자는 어딜 가고 싶어도 가지 못하는구나라고 생각했다. 그곳이 네 자리구나. 마치 액자도 내 마음을 알고 있는 듯, 나를 향해 웃어 보였다.

아빠와 엄마가 다정히 서로를 맞대고 웃고 있는 그 모습이 아이들에게는 어떤 느낌일까? 숱하게 아빠 엄마의 싸움을 목격해 왔어도 아빠 엄마의 다정한 모습을 바라왔구나, 싶어 미안했다. 한편으론 싸우고 화해하고를 반복하면서도 이곳에 함께 있어 다행인가 싶었다. 액자도 제자리를 찾은 듯 평온해 보였다. 남편과 나 사이에 비가 오나 눈이 오나 날이 맑으나 액자는 늘 그곳에 있었다. 잠시 다른 곳으로 몇 차례 떠났었지만 어느샌가 다시 제자리를 찾았다. 내가 갖다 놓거나 아이들이 다시 걸어 놓았다.

"저건 또 언제 다시 여기로 온 거야?" 퇴근하고 돌아온 남편이 말했다. 싫지만은 않은 듯, 남편은 안도하고 있는 것처럼 느껴졌다. 한번 보고 말했을 뿐 다시 언급하지 않았다. 다툼이 있은 지 일주일 정도 지난 후여서인지, 차분해 보였다. 남편이 다시 액자를 떼는 것은 아닐까 걱정도 되었지만, 다행히 아무 일도 일어나지 않았다. 다만 우리 사이에 아쉬운 것은 싸움이 있고 난 뒤 마주 앉아 화해하거나 무엇 때문에 화가 났었는지 대화가 오고 가지 않는다는 것이다. 만약 우리가 서로에 대해 탓하지 않고 그날의 상황에 대해 충분히 이야기를 나누었다면 어땠을까? 싸움이 있을 때마다 솔직하게 대화를 나누지 않으니 문제가 개선되지 않고 똑같은 문제로 다툼이 일어난다. 남편이 무엇 때문에 화가 났는지 정확하게 알지 못하고 넘어가니 남편의 진짜 마음을 알기 어렵다. 마치 풀리지 않는 미스터리인 듯 남편의 마음을 여는 열쇠를 잃어버린 느낌이다. 알 듯 말 듯 아리송하다.

남편의 마음을 알기 어렵고 나 또한 이해받지 못한다고 생각하니 부부로서 함께 성장하는 느낌을 받지 못했다. 슬프고 기쁘고 행복한 느낌을 공유하지 못하니 정서적 친밀감이 떨어질 수밖에 없다. 책임감만이 우리 사이를 엮어주고 있는 듯했다. 서로에 대한 기대가 실망으로 바뀌는 순간 감정의 교류는 더 이상 이루어지지 않았다. 서로의 태도를 꼬집는 순간 부부가 아닌 적이 되고 만다. 상대의 행동이 잘못된 것이 아니라 나와 다를 뿐인데, 이해하려 하지 않고 지적하고 판단하니 더 이상 대화가 이루어질 수 없다. 나는 글쓰기로 나를 객관화하고 있고 무엇이 우리 사이를 힘들게 하는 것인지 알 것 같은데 솔직한 대화가 오가지 않으니 더 이상 부부 사이에 희망을 기대하지 않게 되었다. 남편에게 먼저 미안하다 잘못했다 사과하지 않으면 남편의 마음을 풀 수 없었다.

남편과 나 사이의 문제 개선을 위해서는, 먼저 내가 다가가야 함을 느낀다. 내 마음을 알아주지 않는 것에 화가 나, 나는 아무 잘못도 없는데 도대체 당신이 나에게 화를 내는 이유가 무엇인지 모르겠어, 라고 말한다면 화를 불러일으킬 뿐 대화가 진전되지 않는다. 내가 남편에게 바라는 것은 남편이 자신의 감정에 솔직해지길 바라는 것이다. 남편이 성장해 왔던 환경을 쉽게 판단할 수는 없지만 생각이나 감정을 차단해야만 했던 가정환경이 지금의 남편에게 영향을 주었으리라고 생각한다. 나 또한 마찬가지였다. 글을 쓰며 내 감정을 알게 됐고, 그것을 표현하는 방법을 배우기 시작하면서 원가족과 자라온 환경이 내게 많은 영향을 끼쳤음을 이해하게 됐다. 자신을 표현하는 것에 서투르다 보니 서로 오해하게 되어 싸움으로 번지게 되었다.

자신의 감정을 알고 솔직하게 표현하는 것, 상대를 탓하지 않고 자신이 원하는 것을 말하는 것, 우리 부부의 숙제다. 내가 남편의 요구대로 하지 못할 때 남편은 무시당한다고 생각해 화를 낸다. 나는 그럴 의도가 없었기에 함부로 말하는 것에 화가 났다. 남편은 계속해서 자신을 무시하냐고 말하고, 나는 함부로 말하지 말라고 소리를 높였다. 나는 남편이 원하는 것에 주의를 기울이고 그대로 하지 못하게 될 때 미리 이야기하여 상의한다면 다툼이 일어나지 않을 것으로 생각한다. 남편 또한 화가 나는 감정을 있는 그대로 표현하지 않고 무엇 때문에 화가 났고 무엇을 원하는지 차분히 말할 수 있기를 바란다.

나 자신을 들여다보게 되면서 나의 감정과 욕구에 스스로 공감하게 되었고 표현할 수 있게 되었다. 갈등을 피한다고 해서 문제가 해결되지 않는다는 것을 깨닫게 되니, 갈등이 일어난 상황과 직접적으로 마주하지 않을 수 없었다. 나를 객관적으로 바라보고 들여다보는 것이 우선이라고 생각했다. 화가 나는 이유를 다른 사람이 아닌 나 자신에게서 찾게 되면서부터 상대의 감정과 욕구를 이해할 수 있었다. 관계의 풍요를 위해서는 진짜 내 마음을 알아가는 것이 첫 번째인 듯하다.

스스로 책임진다는 것

여느 날과 똑같은 아침이다. 둘째와 셋째를 챙기는 사이 첫째 아이는 평소와 다를 것 없이 등교 전 앞머리를 감고 드라이기로 말린후 고데기로 머리를 폈다. 오늘은 머리 전체를 고데기로 머리를 폈는지 방금 미용실에 다녀온 듯 찰랑거렸다.

"엄마 가위 어디 있어?"

첫째 아이가 수납장을 살피며 말했다. 가위를 찾는 아이의 뒷모습이 다급해 보였다.

"무슨 가위?"

"머리 자르는 가위."

"왜?"

"앞머리 자르려고."

"왜 잘라?"

"삐뚤빼뚤해."

"네가 자르다 싹둑 잘라버릴라. 미용실에서 자르지." 아이가 앞머리를 급히 자르다 이전처럼 댕강 잘라버릴까 걱정이 되면서도 앞머리 한번 자르는데 커트 값 그대로 들어갈 것 같다는 생각이 들어 그냥 놔두었으면 했다.

"그럼 엄마가 잘라 주면 되지."

"지금?"

아이는 가위를 찾지 못하고 다시 거울 앞으로 갔다.

"이상해!! 이상해!!" 방 안에서 아이는 거울을 보며 울상을 지었다. 도대체 어떤 모양이길래 저러나 싶어 보니 아이가 평소하고 다녔던 모양과는 아주 조금 달라 보였다. 살짝 붕 뜬 게 마음에 들지 않는 모양이었다. 다시 고데기로 모양을 잡아주고 싶었지만 더 이상해질 것 같아 도와주지 못했다. 도와주었다 아이 기분만 상하게 했던 기억이 있어 머뭇거려졌다. 살짝 떠서 예쁘다고 간신히 아이를 설득했다.

"으아 으아 으아악!!!!!"

아이의 요구를 들어주지 못해서일까? 아이는 머리 모양이 이상하다며 소리 지르기 시작했다. 나는 아침부터 소리를 지르고 짜증을 부리는 아이를 보며 마음에 평온을 찾기 위해 괜찮다, 괜찮다를 되뇌었다. 등교 전 아이와 한바탕 싸우지 않으려면 이 상황을 빨리 피해야만 했다. 아이에게 반응을 보이지 않는 것이 나을 것 같았다. 아이의 짜증 내는 소리도 듣고 싶지 않았다. 왜 하필이면 이 아침에? 나는 서둘러 셋째의 등원 준비를 했다. 서둘러 옷을 입히고 머리를 묶였다.

아이는 앞머리 모양이 마음에 들지 않는지 계속해서 짜증을 냈다. 거실 바닥에 엎드려 소리를 지르거나 발을 쿵쿵대며 걸었다. 아이에게 사춘기가 온 걸까? 갑자기 짜증 내거나 화를 낼 때 갑작스럽다. 아침부터 화를 낼 정도로 큰일이 아니라 생각했지만, 초등학교 4학년이면, 앞머리 모양 하나로 기분이 상할 수 있고 짜증 낼 수 있는 나이라 생각하며 아무렇지 않은 척했다.

"학교 잘 갔다 와. 엄마는 먼저 나갈게."

곁눈질로 방 안에 앉아 있는 아이를 보며 말했다. 바로 나갈 생각으로 던진 말이다. 그런데 마음과는 달리 준비가 끝이 나질 않았다. 아무 도움도 되지 않는 엄마 때문에 더 화가 나는 건가 싶어 빨리 자리를 뜨고 싶었다. 불편한 감정을 피하고만 싶었다. 아이는 울 듯 말 듯 한 표정으로 눈에 힘을 주어 있는 힘껏 노려보았다.

"내가 너에게 뭘 한 것도 아닌데 나한테 화를 내. 네 머리 때문에 화가 난 거잖아."

나는 작게 읊조렸다. 아이의 속상해하는 표정을 보니 꾹꾹 참았던 말이 나왔다. 부디 아이에게 들리지 않았길 바랐다. 현관 앞에서 신발을 신는 동안에도 첫째 아이는 방에 들어가 나오지 않았다. 아이에게 도움을 주지 못해 미안한 마음도 있었지만 스스로 마음을 정리할 수 있다고 생각했다.

둘째와 셋째를 데리고 밖으로 나왔다. 빵을 사달라 하는 아이들을 데리고 아파트 상가에 있는 편의점으로 갔다. 아이들이 고른 빵이 투 플러스 원으로 세 개였다. 빵 하나가 남아 첫째 생각이 나 전화를 걸었다.

"어디야?"
"집이야." 마음을 정리한 듯 체념한 목소리였다.
"뭐 하고 있어?"
"빵 먹고 있어."
"그래? 빵 하나 남았는데 내려와서 먹고 학교 갈래?"
"아니." 축 처진 목소리였지만 단호했다.
"그래도 먹고 가지. 어차피 학교 가는 길에 볼 텐데…."

"안 먹어."

"알았어…."

아이가 나올 거라 믿고 기다려 보았지만 아이는 편의점 건물 뒤편으로 지나간 건지 보이지 않았다.

아이가 자기 스스로 자르고 싶어 할 때 머리를 잘라 줄 수도 있었다. 아이 입장으로 생각하지 못했다. 셋째를 챙기고 있던 와중에 앞머리를 자를 수 있는 가위를 찾아야 했다. 나는 아이가 앞머리를 자르기보다 기르는 편이 더 나을 듯했다. 잘못 잘라 아이의 기분을 망치고 싶지 않았다. 아이의 선택을 따라 주었다면 어땠을까? 학교 가기 전이라 여유가 충분하지 않으니 지금은 앞머리를 다시 고데기로 해보고 집에 돌아와서도 맘에 들지 않으면 자르는 것이 어때? 라고 물어봐 줬으면 어땠을까? 아이는 자신의 욕구를 무시당했다는 느낌에 화가 났던 것일까. 아이의 욕구에 찬물을 끼얹지 않겠다고 다짐했지만, 여유가 없을 땐 왜 이리 내 말만 하게 되는 걸까.

아이의 마음을 풀어줄 수도 있었는데 잔소리하게 될 것 같아 간섭하고 싶지 않았다. 아이가 화가 났을 때 말을 잘못 걸면 아이는 나가! 나가! 하고 울부짖으며 나를 밀쳐내곤 했다. 혼자 있겠다 하는 아이를 놔두지 못하고 계속 잔소리를 했던 적도 있었다. 아이가 커가는 과정에 있다는 걸 알아서일까? 아이가 마음을 정리하려고 혼자 있으려 하면 아이와 공유하는 것들이 줄어들게 되고 함께 하는 시간이 적어지는 것 같아 슬펐다. 가장 말이 잘 통한다고 생각했던 아이였기에 실시간으로 기분이 엎치락뒤치락하는 걸 볼 때마다 실망스러웠다. 아이와 더 이상 가깝게 지낼 수 없을 것 같다는 생각에 좌절감이 들었다. 하지만 나는 지금의 상황과 그 속의 내 모습을 객관화하고 긍정적으로 바라보려고 했다. 아이 또한 나와 같은 독립된 존재이고, 그렇게 성장시키기 위해서는 나부터 나를 바로 볼 수 있어야 한다고 생각했기 때문이다. 나를 객관화하면서 나의 단점이 보이는 것 같아 조금은 두려운 마음이 들기도 했지만, 직면함으로 나 자신이 성장할 수 있다고 생각하니 마음이 차분해질 수 있었다. 아이와 건강한 관계를 맺기 위해 지금을 극복하고 싶었다.

　나는 아이와의 상황을 객관화시키기 위해 컴퓨터 앞에 앉았다. 컴퓨터를 켜고 천천히 글로 지금의 상황을 적어 내려갔다. 그 과정에서 어느 순간 아이의 마음이 불쑥 올라왔다. 아이가 어떻게 느끼고 무엇을 원하는지 보이지 않던 마음이 서서히 드러나기 시작했다. 글을 쓰며 아이를 이해하게 되었고 한 걸음 물러나 지켜보게 되었다. 아이와 떨어진 거리에서 나라는 존재로 글쓰기에 집중했다. 아이만의 세상을 지켜주면서도 나만의 영역 속에서 나의 꿈을 키워나가려고 한다. 나는 내 감정을 누군가에게 의지하지 않고 스스로 해결해 나갈 수 있다는 것을 자신에게 증명해 내고 싶다. 누군가에게 보여주기 위함이 아닌 나 자신을 위해서다.

눈앞의 목표는 무너지려는 나를 붙잡아 주었다. 성실하게 하루를 보내다 보니 내가 나의 환경을 만들고 개척해 나갈 수 있다는 자신감이 생겼다. 긍정적인 생각으로 앞으로 나아가기 위해 성공과 자기 계발에 대한 글을 매일 읽었다. 실제로 실천하여 자신만의 통찰을 기록한 글들을 읽었다. 그 글들은 충분히 동기부여가 되었다. 누구도 나를 대신해 줄 수 없고 나만의 일은 나만이 할 수 있다고 생각하니 힘이 솟았다. 나만이 할 수 있는 나만의 영역이 분명히 있다는 것을 믿으니 그 어떤 마음의 장애물도 나를 가로막지 못했다. 나만의 시간을 갖고 노력하는 만큼 아이와도 적당한 거리를 유지할 수 있고 아이도 자신을 위해 노력하게 될 거라 믿었다. 스스로 해 나가면서 성장하는 것을 보았기 때문이다. 그 과정에 글쓰기는 몸이 움직여지고 생활의 리듬과 습관을 만들어 주었다. 글쓰기는 삶에 버팀목이 되어 주었다. 나를 잡아주고 이끌어 주었다. 글쓰기를 왜 해야 하는가에 대한 물음이 올라올 때도 글을 쓰며 알아갔다. 마음에서 올라오는 질문에 스스로 답을 하며 성장해 나갔다. 글쓰기는 나를 알아가는 소중한 도구다.

그대로 있어주기

언니와의 전화 통화에서 책을 낼 거라 이야기를 한 후 얼마 지나지 않아 엄마에게 전화가 왔다.

"책을 낸다고?"
"응"
"어떻게 하는 건데?"
"글 써서 출판사에 투고하는 거야."
엄마는 출판 방법에 대해 이것저것 물으셨고 나는 내가 알고 있는 선에서 성심성의껏 답했다. 엄마에게 신뢰를 주고 싶었기 때문이다.
"그래, 이왕 하는 거 끝까지 열심히 해봐."

나를 응원하고 믿어주는 엄마의 마음이 느껴졌다.

또 뭔 일을 벌이나 싶어 걱정되어 전화 한 엄마는 책을 어떻게 쓰는 것인지, 어떻게 출간하는지 꼼꼼히 물어보셨다. 엄마에게 생각해 보지 못한 생소한 분야이다 보니 모르는 것이 당연했다. 엄마가 이해되실 때까지 몇 번이고 다시 설명했다. 엄마는 친정 가족 중에서 유일하게 나를 응원하고 기대하는 듯 느껴졌다. 글쓰기로 인해 살림이나 육아에 집중하지 못해 남편과 갈등이 생길까 걱정하셨던 아빠와는 달리 엄마는 밝은 목소리로 앞으로 잘 될 거라고 포기하지 않고 열심히 해보라고 격려해 주셨다. 위태롭게만 보이던 나의 결혼생활이 걱정이던 엄마와의 대화는 희망으로 가득 찼다. 내 이름 석 자가 박힌 책이 눈앞에 있는 듯 선명하게 느껴졌다. 엄마가 우려와 달리 기대를 해주시는 것 같아 감사했다. 책 쓰기라는 산을 오르고 또 올라도 정상이 보이지 않을 때 엄마의 관심과 응원 덕분인지 조금씩 앞으로 나아갈 수 있었다.

남편과 갈등의 골이 깊어지고 해결이 되지 않던 중 친정에 갔다. 식사를 마치고 부모님과 남편이 마주 앉았다. 엄마는 조심스레 이야기를 꺼냈다. 개명하는 것에 불만이 있던 남편에게 차근히 설명했다. (나는 작가로서 활동할 이름을 짓고 싶었다.) 남편은 지금 이름으로 살아도 되는데 왜 굳이 돈을 들여 바꾸려고 하는지 이해하지 못했다. 이름을 바꾸고 싶다는 말에 콧방귀를 뀌며 관심을 두지 않고 있다가 이름을 받아오니 상의도 없이 이름을 지었다며 화를 냈다.

엄마는 차분하게 남편에게 말했다.

"이름 내가 바꾸라고 한 거야. 쟤가 이름 바꾸고 싶어 하기도 했고, 이름에 쓰지 않는 한자도 있어서 내가 먼저 이야기했어. 원하는 일 잘되라고." 엄마는 바꾼 이름에 대해 말하는데, 남편은 엄마의 말을 끝까지 듣지 않았다.

"자기가 하고 싶은 것만 하느라 육아나 살림도 잘하지 못하는데 어떡하나요? 다른 건 보지도 못한다고요."

"그래, 자네 말대로 살림 중요하지. 살림도 빠듯한데 돈도 안 모으고 공부한다니까, 책 낸다고 하니까 나도 걱정이 돼서 뭐라고 하기도 했어. 뭐 하고 있냐고 전화하면 애 자고 있으니까 책 읽는대. 글 쓰고 있대. 처음엔 이해가 잘되지 않았지. 그런데 가만히 생각해 보니 애 어릴 때 짬 내서 공부하면 애들 컸을 때 일할 수 있겠더라고. 나는 애들 어릴 때 돈 모으느라 아등바등하기만 했지 뭘 배울 생각을 하지 못했어. 어릴 적에 무용가가 되는 게 꿈이었는데 엄마가 계집애가 뭔 무용이냐고 돈 없다고 타박했어. 나는 애들 어릴 때 무용을 배우지 못한 게 한이야. 애들 어릴 때 춤이라도 배웠더라면 애들 컸을 때 강사로 일할 수 있었을 거야. 자네가 좀 넓은 마음으로 이해해 줘. 응?"

엄마의 솔직한 이야기를 들으니 이해받는 느낌이 들어 기뻤다. 엄마에게도 배우거나 일하고 싶은 욕구가 있었다는 이야기를 들으니 마음 한편으론 안타까웠다. 엄마가 나를 응원해 주고 지지해 주는 이유를 알 수 있었다. 그때부터인지 엄마에 대한 미움은 걷히고 감사함 만이 남았다. 엄마는 현실적인 사람으로 감정을 이해하기보다 피할 때가 많았다. 마음을 이해받길 원했던 나는 엄마와 대화를 시작하면 싸움으로 끝나곤 했다. 엄마와 싸우지 않기 위해 힘들고 어려운 일은 말하지 않고 좋은 이야기만 하려 했다. 아이들이 무얼 잘하는지 어떤 대회에 나가 상을 받았는지 시험을 보고 몇 점을 받았는지 등의 이야기만 했다. 엄마는 그런 이야기만 듣고 싶어 하는 거라 판단했다. 좋은 소식을 전해야 엄마가 좋아한다고 생각했다. 그러면 싸움도 나지 않을 테니 말이다.

아이를 돌보고 집안일을 한 후 시간 대부분은 책 쓰기에 집중했다. 잘 되는 날도 있고 잘되지 않는 날도 있었다. 그날의 기분과는 상관없이 아이들을 학교와 어린이집에 보내고 나면 무조건 카페로 가 글을 썼다. 글을 쓰면 사념이 사라져서인지 언제부턴가 사사로운 감정에 매달리지 않게 됐다. 힘든 감정이 몰려와도 오랜 시간 걸리지 않고 금방 빠져나올 수 있었다. 글을 쓰는 기간 동안 셀 수 없이 많은, 남편과의 일들이 왔다 지나갔다. 해결되지 않을 것으로 생각했던 일들도 글을 쓰며 떠나갔다. 아무 일도 없었던 것처럼 일상을 보냈다. 남편이 나의 글쓰기에 관심을 가지기보다 살림 상태나 육아에 대해 지적할 때가 많아 자신감이 떨어지곤 했지만, 글쓰기는 나를 바로 세워 주었다. 글쓰기는 하면 할수록 더 좋아질 거라는 믿음이 있었다.

글을 쓰며 살림이나 육아가 완벽한 것은 아니었다. 글쓰기를 위해 시간을 내야 했기 때문에 온전히 살림이나 청소에 시간을 다 들일 수는 없었다. 살림에 꼼꼼한 편은 아니어서 글을 쓰기 이전에도 집안일에 시간을 많이 투자하지는 않았다. 남편의 불만은 글을 쓰기 전에도 쓴 후에도 이어졌다. 지적을 하는 날도 있고 하지 않는 날도 있었다. 칭찬에 인색한 편이라 잘한 날도 잘했다고 칭찬하지 않고 당연한 거라고 말했다. 글을 쓰기 이전에 남편은 내가 돌아다니느라 집안을 잘 돌보지 못한다고 말했다. 글을 쓰기 시작하면서부터는 자기 하고 싶은 것만 하느라고 집안일에 집중하지 못한다고 말했다. 그러나 아무런 목적 없이 공허한 마음을 달래려 돌아다닐 때와 다르게 글쓰기로 시간을 보내며 책이라는 하나의 결과물을 만들어 내고 있으니 이 또한 긍정적인 일이 아닐까?

남편과 자주 갈등이 일어나다 보니 엄마는 그동안 남편이 싫어하는 거 하지 말고 눈치껏 여우처럼 행동하라 말하곤 하셨다. 그랬던 엄마가 내가 하는 것에 지지를 해주시고 내 편이 되어 남편에게 말씀해 주시니 온전히 이해받은 느낌이 들었다. 엄마가 온전한 내 편이 된 것 같아 기분이 좋았다. 엄마가 날 믿어주고 있다는 믿음이 새겨져서일까? 마음이 평온해졌다. 글쓰기를 하면서 충만해짐을 느꼈다. 글쓰기가 잘되지 않아 힘이 들어도 포기하고 싶은 마음이 들지 않았다. 다시 하면 되지, 라고 생각하고 글쓰기를 이어갔다. 엄마가 바로 내 옆에 있는 것도 아닌데, 이상하리만치 마음이 든든했다. 글쓰기에 대해 고민하는 것 또한 즐거움이 되었다. 어느새 즐기고 있는 나를 볼 수 있었다.

　　육아와 살림에 언제 또 남편의 화가 도질까 조마조마하다가도 글을 쓰는 순간만큼은 파라다이스였다. 글쓰기로 채워진 마음으로 하루를 견뎠다. 글쓰기로 삶을 버텨내고 있다. 남편의 말로 마음이 쿵 하고 내려앉아 필요 없는 존재가 된 것 같은 느낌이 들다가도 글쓰기로 얻은 자신감으로 다시 마음을 회복해 갔다. 부모님에게 힘든 사실을 터놓지 않아도 글쓰기를 하며 스스로 극복해 갔다. 언제부턴가 마음을 의지하지 않아도 괜찮았다. 글쓰기를 하며 온전히 나에게 집중해서일까? 상처받은 마음에 잠식당하지 않게 되었다. 글을 쓰고 뿌듯한 마음으로 하루를 보냈다. 엄마의 사랑과 글쓰기의 힘 덕분이다. 내면이 단단해져 갔다.

　엄마는 판단이나 조언, 충고 없이 있는 그대로 나를 지켜봐 주고 응원해 주셨다. 그대로 있어 주셨다. 포기하지 않고 꾸준히 글을 쓸 수 있었던 이유다. 글쓰기를 하며 내 생각과 느낌에 집중하다 보니 자신을 존중하게 되었다. 글쓰기로 나를 객관화하면서 내가 보고 느낀 것이 전부가 아님을 알게 되었다. 나에 대한 존중감이 엄마를 이해하게 된 폭을 넓혀주었다. 엄마를 이해하게 되니, 엄마의 나에 대한 사랑이 진심이라는 것을 깨닫게 되었다. 엄마가 나를 믿어주고 있다는 사실이, 나는 무엇이든 해낼 수 있는 사람이라는 믿음을 갖게 했다. 재능이나 능력을 기대하거나 부족함을 탓하지 않고 끈기를 가지고 글을 쓰는 나를 보면서 나에 대한 믿음과 신뢰가 커지고 있었다. 꿈과 목표를 향해 꾸준히 끌고 나가는 나를 보며 더 이상 나를 의심하지 않았다. 엄마가 나에게 그대로 있어 주신 것처럼 아이들 옆을 지키면서 아이들과 함께 커나갈 것이다.

감사하면 달라지는 것들

　여느 날과 똑같이 노트북 앞에 앉았다. 글을 쓰기 전 마음속으로 감사하는 마음을 갖게 해주세요. 한 문단이라도 쓸 수 있게 해주세요. 라고 빌었다. 작가로서 바른 마음을 가져야 한다는 사명감을 가지고 새로운 글을 써 내려가기 위함이었다. 간절한 바람에도 무엇을 써야 할지 떠오르지 않자 책 한 권을 펼쳐 들었다. 목차도 보지 않았다. 김진수 작가의 『평범한 일상은 어떻게 글이 되는가』라는 제목의 책으로 방민철 작가의 『오늘』이란 책을 소개했다. 저자는 『오늘』이라는 책을 통해 오늘을 하찮게 여기는 사람들에게는 일시적이고, 우연적인 삶이 계속되지만, 오늘을 감사히 여기는 사람들에게는 감사와 사랑, 평화가 넘치게 된다는 것을 알 수 있었다고 말했다. 차원이 다른 하루 24시간이라고. 무의식적으로 책을 펼치니, 요즘 가장 중요하게 생각했던 '감사'란 단어가 글 이곳저 곳에서 툭 튀어나왔다.

남편과 소통이 잘되지 않을 때, 갈등이 생길 때 그 원인이 완전히 나에게 있지 않을 것으로 생각했다. 나는 답답하여 남편에게 도대체 화가 나는 이유가 무엇이냐고 물었다. 남편은 여기가 지저분하고 여기가 정리가 안 되어 있어서 화가 난 것이라고 말했다. 나는 남편의 생각과 달랐다. 남편의 내면에 해결되지 않은 사건과 감정이 있어 시시때때로 화가 나는 거라고. 남편은 화가 날 때마다 얼굴에 힘을 주어 화와 분노를 토해냈다. 나는 아무리 남편을 이해하려 해도 이해할 수가 없었다. 어느 날 지인에게 남편과의 갈등으로 힘들어하고 있음을 털어놓았을 때 나는 주로 남편은 이렇고 저렇고라고 말하는 나를 볼 수 있었다. 나를 돌아보지 못하고 불평불만을 토해내는 나 자신을 보며 어느 순간 부끄러움이 밀려왔다. 한 어른은 내게 감사하는 마음을 가져야 한다고 말씀해 주셨다. 일주일에 한 번씩 남편에게 감사하는 편지를 써서 전달해 보라고 조언해 주셨다.

책을 통해서도 갈등을 해결할 방법을 찾을 수 있었지만, 우리 사이는 더 나아지지 않았다. 남편에게 배운 내용을 말해주며 대화를 시도해 보아도 계속해서 나의 태도만 지적할 뿐이었다. 나는 최후

의 방법으로 남편에게 감사한 내용을 적어 소리 내어 읽기 시작했
다. 스스로 감사한 마음을 불러일으키고자 했다.

남편이 내 남편이어서 감사합니다.
남편의 수고로 우리 가정이 살아갈 수 있어서 감사합니다.
남편을 통해 시조부모님, 시부모님, 시동생 가족을 만나고 한 가족
이 되었음에 감사합니다.
남편이 조부모님과 부모님을 위하고 효도하는 손자이자 아들이어
서 감사합니다.
남편이 아이들을 사랑으로 안아주고 돌봐주는 아빠여서 감사합니다.
남편이 자신의 건강을 잘 챙길 수 있어서 감사합니다.
남편이 내가 해준 음식을 맛있게 먹어주어서 감사합니다.
남편이 주변 정리를 잘하고 청소를 잘하는 것에 감사합니다.
성실하고 책임감 있는 남편이어서 감사합니다.
알뜰하면서도 가족을 위해 아끼지 않는 남편에게 감사합니다.

감사한 마음을 써 내려가니 감사하지 않은 것이 없었다. 남편이
나를 미워하고 있는 것이 아니라 표현하는 것이 서툴기 때문이라
는 것을 깨닫게 됐다. 가족들에게도 감사한 마음이 일었다. 내 주
위에 계시는 한 분 한 분이 떠오르면서 모두에게 감사한 마음이 들
었다. 오늘을 감사히 여기면 감사와 평화, 사랑이 넘친다는 말이

실감 났다. 내 안에 풍요가 찾아오고 있음을 느낄 수 있었다. 내 안에 변화의 씨앗을 심어 아주 미묘한 변화일지라도 나를 변화시켜 보자 마음먹었다. 남편에 대한 기대를 나에게로 돌리기로 한 것이다. 불평불만을 집어넣고 나를 돌아보기 시작했다. 남편에게 감사하는 것을 찾아 리스트를 만들어 매일 읽었다. 남편에 대한 미움이나 불만들이 조금씩 사그라지고 있음을 느낄 수 있었다. 측은지심과 역지사지의 마음으로 남편을 바라보았다. 화를 내는 자신도 얼마나 힘이 들까, 속상하고 안타까웠다. 남편에게 긍정적인 기운을 심어주고자 마음속으로 감사를 외쳤다.

결혼 전 남편과 나의 모습을 떠올려보았다. 첫 만남에서부터 결혼에 이르기까지 우리는 어떻게 사랑하고 기뻐했는지를. 살면서 여러 갈등을 겪고 극복하기 위해 노력해 왔다고 생각했지만, 돌이켜보면 감사한 마음이 빠져있었다. 문제에 집중해 어떻게 해결할 것인가에만 몰두했다. 내 마음의 변화가 우선이라고 생각하지 못했다. 남편과 내가 어떤 모습으로 살기를 바라고 있는지, 아이들과 어떻게 살아갈 것인지 생각해 보니 답은 내 안에 있었다. 서로 위하고 존중하는 부부의 모습을 따라 아이들 또한 서로를 위하고 존중하며 살기를 바란다. 내가 사랑받기를 원하고 있는 것처럼 남편 또한 사랑받으며 행복하게 살기를 바라고 있을 것이다. 사랑은 주는 것이라는 말이 있듯이 주고 또 주자 마음을 먹었다. 아내이기 때문에 남편의 밥을 챙기는 것이 아니라 사랑하기 때문에 주는 것이라 달리 생각했다. 남편이 내가 만든 음식을 먹고 맛있다 표현하지 않아도 잘 먹는 모습만 봐도 고마웠다. 부부로서 변화되어야 할 과정과 단계가 남아있지만 나는 그래도 남편을 사랑한다. 사랑하니까 변화되고 싶다. 이런 변화의 첫걸음은 어디서부터일까? 라는 질문을 나에게 던져본다. 그렇게 이해되지 않던 남편의 화난 모습들, 무섭기까지 했던 그 모습들을 보며 감사한 마음을 가지게 된 나, 어디에서부터 한 걸음을 내디딘 걸까? 남편에게 감사한 내용을 적어 소리 내어 읽기 시작했던 그 순간이 떠 올랐다. 감사한 마음을 내어 보는데 글로 적는 그 과정이 나에게 시의적절한 시간을 주고 그 마음을 불러왔다.

있는 그대로의 나

"발 아파." 아이가 발이 아픈 모양이다.

"신발이 작아서 발이 아프지?"

"응."

어린이집에 가기 위해 집을 나서기 전, 아이가 골라 신고 온 신발이 발에 딱 맞아 불편할 것 같아 다른 신발을 봉투에 담아 왔다.

"이거 아니야."

가져온 신발이 마음에 들지 않아 신지 않으려 했다.

"집에서 다른 신발 신고 갈까? 아니면 하원할 때 엄마가 다른 신발 가져올까?"

집에 가서 다른 신발을 신기고 다시 어린이집으로 가기에는 시간이 애매했다.

"싫어."

아이는 절레절레 고개를 흔들었다.

어쩔 수 없이 다시 집으로 돌아가 아이가 좋아하는 샌들을 신겼다. 다행히 늦은 시간이 아니어서 마음을 여유 있게 먹고 어린이집에 보내기로 했다. 아이가 원하는 것을 들어주지 않으면 떼를 써 난감했기 때문이다. 최대한 아이의 마음에 가깝게 다가가기 위해 애썼다. 지금 당장 원하는 것을 해줄 수 없다고 뿌리칠 수 없었다. 다시 돌아가기에 귀찮은 마음과 내 시간을 좀 더 확보하고자 하는 마음은 결국 내 욕구였기 때문이다. 아이가 내 욕구에 맞출 수는 없다. 상황설명을 하고 엄마의 욕구를 말할 수도 있었겠지만, 이미 마음속엔 아이 발이 불편할 거라는 생각이 먼저였기 때문에 다시 집으로 돌아가 신발을 바꿔 신겼다.

아이는 지금 당장 발이 아파 불편함을 호소했다. 내 중심으로만 생각했다면 얘가 왜 이러지? 나를 힘들게 하려고 골탕 먹이려는 건가? 라고 생각했을지도 모른다. 아이의 마음을 있는 그대로 봐주니 웃으며 편안하게 어린이집에 보낼 수 있었다. 우는 아이를 어린이집에 보냈던 때를 생각해 보면 아이의 마음을 고려하지 못했다. 아이는 아이대로 자신의 욕구가 중요하고 내 욕구도 중요하니 충돌할 때가 있다. 아이의 욕구를 먼저 들어주지 못한다고 하면 철

없는 엄마의 모습으로 비칠 수도 있겠지만 욕구로 인해 내가 움직여진다고 생각하니 내 마음을 누르고 참을 수만은 없다. 상대방의 마음을 이해하기 위해서는 내 마음을 먼저 아는 것이 중요하다.

내 마음의 존재를 없애고 사랑과 헌신을 할 수 있을까? 우는 아이를 달래지 못하고 어린이집에 들여보낼 때 선생님에게도 미안하고 아이에게도 미안했다. 아이를 억지로 보내던 날들이 계속되면서 이대로는 안 되겠다고 생각했다. 내 욕구를 충족시키고자 상대방을 희생시킬 수는 없었다. 대안을 생각해 본 결과, 내가 조금 더 부지런히 움직여 30~40분 일찍 나오기로 했다. 어린이집에 보내기 위한 워밍업의 시간을 갖기 위해서였다.

아이와 천천히 어린이집 주변을 돌았다. 아이가 좋아하는 간식을 싸 오기도 했다. 물과 물티슈, 간식을 챙겨 어린이집 근처 놀이터로 갔다. 아이에게 간식을 먹이고 미끄럼틀이나 그네를 타는 등 아이와 함께하는 시간을 가졌다. 시간을 보며 10분만 놀다 가자고 하거나 미끄럼틀 한 번만 타고 가자고 말했다. 아이의 욕구가 채워져서였을까? 아이에게 가자고 말했을 때 아이는 바로 자전거에 올라탔다. 아이를 울리지 않고 어린이집에 보낼 수 있었다. 어린이집 앞에 도착했을 때 아이는 자전거에서 내려 자연스럽게 어린이집 가방을 메었고 웃으며 인사했다. 더 이상 선생님께 미안해하지 않아도 되었다.

아이를 어린이집에 보내기 위해 실랑이했을 때는 아이에게 어린이집에 가자고 정확하게 말하지 못했다. 어떻게든 보내기 위해 아이가 하고 싶어 하는 대로 해주었지만 아무런 효과가 없었다. 오히려 가고 싶어 하지 않았다. 아이의 기분에 맞추기 위해 아침부터 아이에게 TV를 보여주고 간식도 사 먹여도 보았지만 아이는 더 떼를 쓰며 가지 않으려 했다. 아침에 어린이집을 보내는 것이 곤욕스러워져 생각을 거듭해 보니 규칙이 필요함을 느끼게 됐다. 어린이집에 가기 전에는 무조건 TV를 보지 않고, 어린이집에 가야 할 시간이라고 정확하게 말해주었다. 처음에는 만화를 보지 않는 것이 익숙하지 않아서인지 많이 울었다. 나는 아이를 안고 토닥여 주면서 어린이집 가기 전에는 TV를 보지 않는 거라고 단호하면서도 부드럽게 말했다. 시간이 지나자 아이는 더 이상 아침에 만화를 보여달라고 떼쓰지 않았다.

아이의 욕구도 채워주고, 나의 욕구를 위해 일찍 나오게 되니 원하는 시간에 어린이집에 보낼 수 있었다. 나만의 시간을 충분히 보내게 되었다. 더 이상 내 마음을 누르지 않아도 내가 원하는 것을 할 수 있었다. 내 욕구를 정면으로 바라보지 않고 말하지 않으면 내 마음을 알아채 주지 못하는 상대를 보며 화가 났다. 내가 원하는 것을 하기 위해서 계속해서 화를 내니 서로의 마음만 상하게 될 뿐이었다.

나는 나 자신에게 질문을 던졌다. '내가 지금 원하는 것은 무엇이지? 그렇게 하려면 어떻게 해야 하지? 상대의 기분이 상하지 않고 내 욕구를 충족시키려면 어떻게 할 수 있을까?'

아이를 울면서 보내고 싶지 않았다. 아이를 원하는 시간에 보내고 내 시간을 충분히 보내고 싶었다. 아이를 울리지 않고 보내기 위해서는 아이의 욕구를 채워주어야 했다. 나의 욕구를 채우기 위해서 상대방에게 기대하거나 의지하지 않고 스스로 움직여야 한다는 생각이 올라왔다. 피하거나 돌려 말하지 않고 정확하게 말하니 아이도 수긍하는 듯 "응."하고 대답했다. 어린아이이기 전에 나와 동등한 한 사람이라 생각하니 알아들을 수 있도록 정확하게 말해주어야 함을 깨닫게 되었다. 의사소통을 하게 되면서 아이도 상대의 마음을 이해하고 있다는 것이 느껴졌다.

『비폭력 대화』에서 저자 마셜 로젠버그는 말했다.
'분석이나 비판보다는 우리가 무엇을 관찰하고, 그에 대해서 어떻게 느끼며 무엇을 원하는가에 초점을 둘 때, 우리가 가지고 있는 연민의 깊이를 인식하게 된다. 다른 사람뿐 아니라 자기 내면의 소리에도 귀 기울임으로써 존중과 배려, 그리고 공감하는 마음을 기르게 되어 진심으로 서로 주고받기를 원하는 마음이 생긴다.'

내 마음이 소중하듯이 다른 사람의 마음 또한 중요하다는 것을 깨닫게 된다면 존중과 배려가 일상적으로 흘러나올 것이다. 내 욕구와 느낌을 부정하려야 부정할 수 없다. 상대 또한 나와 같이 욕구와 감정이 있는 존재이기에 상대에 대한 기대를 말하기 이전에 내 욕구를 정확히 말할 수 있어야 한다. 내 욕구와 느낌을 정확하게 알아차림으로 삶이 풍요로워짐을 느낀다. 상대와 내가 소중하게 다가온다.

글쓰기로 세상을 마주하게 된 나

　가족들과 함께 피아노 연주회에 다녀왔다. 아이들에게 피아노를 가르쳐 주시는 선생님의 독주회였다. 선생님은 아이들을 가르치면서 연주가로서 꾸준히 피아노 연습을 해오신 듯했다. 선생님이 직접 피아노를 연주하는 모습을 처음 보기에 기대 반 설렘 반이었다. 공연장의 크기는 어떨까? 관객들은 많이 올까? 핀 조명을 받으며 연주하는 선생님의 모습은 어떨까? 하는 궁금증을 안고 공연장으로 향했다. 평소 청바지에 기본 티를 입고 모자를 눌러쓰고 다니는 나는 클래식을 연주하는 공연장을 가려고 하니 옷차림새가 신경이 쓰였다. 평상시에 입는 일상복은 공연장에 오는 에티켓에 벗어날 듯했다. 나는 과하지 않은 적당한 옷으로 까만 바지와 깔끔한 회색 라운드 티를 선택했다. 살짝 도톰한 재질인 회색 반소매 티셔

츠는 얇은 재질의 옷보다는 단정해 보일 듯했다. 내가 가지고 있는 옷 중에서 지금 입을 수 있는 옷은 몇 벌 되지 않았다. 넉넉한 크기의 옷 중에서는 통이 넓은 세미 정장 바지 하나뿐이었다.

 허리가 잘록하게 들어가는 롱드레스와 하이힐, 그리고 물방울 모양의 긴 귀걸이까지 모든 것이 반짝였다. 피아노를 연주할 때 두 팔은 가느다랗게 보였지만 적당히 힘이 있었다. 1부에서는 짤막한 곡으로 30곡을 연주했고 2부에서는 1부에서 들려주었던 곡보다 긴 곡으로 24곡을 연주했다. 연주가는 곡을 연달아 치다 숨을 가다듬고 다시 연주하기를 반복했다. 꼿꼿한 허리와 반듯한 어깨는 충분하게 자신감 있어 보였다. 각 성격에 맞는 곡들을 연주하고 일어나 다음에 연주할 곡들에 대해 마이크를 들고 설명했다. 연주가의 음성과 적당한 소리의 크기는 듣는 사람을 편안하게 했다. 준비한 대본을 한 장 한 장 넘겨 가며 이야기를 이어갔다. 이날을 위해 얼마나 연습하고 준비했을까 하는 생각이 들어 존경스러웠다. 피아노를 연주하는 소리의 크기 또한 공연장의 크기와 잘 어울렸다. 공연장에 울려 퍼지는 피아노 소리는 부드러우면서도 단단했다.

 공연이 끝나고 밖으로 나오니 문득 내가 이곳에 어울리는 사람일까 생각했다. 옷차림새부터 사람을 대하는 태도까지, 세상에 나가 사람들을 만날 준비가 되었는지 나를 돌아보았다. 관객들은 홀을 나와 연주가에게 꽃다발을 건네고 사진을 찍었다. 사람들이 건네는 꽃다발을 보니 내 손이 허전함을 눈치챘다. 공연을 보러 올 생각만 했지, 연주를 무사히 끝낸 연주가에게 축하 인사를 할 생각은 하지 못했다. 관객 중 몇몇은 각이 잡힌 멋진 슈트와 원피스를 입었다. 빛이 나는 그들의 옷을 보니 내 옷은 초라하기 그지없었다. 다른 관객들은 연주가에게 가까이 다가가 인사를 했고 이야기를 나눴다. 나는 가까이 다가갈 수 없었다. 내 모습이 부끄러웠던 것일까? 멀찍이 서 인사를 건넸다. 선생님은 아이들을 불렀고 나는 바로 핸드폰 카메라를 켜 사진을 찍었다. 선생님은 두 아이를 양쪽으로 서게 하고 긴 두 팔로 아이들을 감쌌다. 여유 넘치는 미소로 카메라를 응시했다. 아이들은 이런 상황이 어색한지 살짝 샐쭉한 표정이었다.

인사를 마치고 돌아오는 차 안에서 이번 공연이 나에게 준 의미에 대해 생각했다. 음악 또한 충분히 훌륭했고 내 마음을 부드럽게 열리게 했지만, 내게 들어왔던 건 연주가의 모습이었다. 자신의 분야에서 능력을 발휘하고 인정받는 모습이 인상 깊게 들어왔다. 최선을 다해 관객들을 위해 연주하고, 자신의 연주를 들으러 와준 관객들에게 감사한 마음을 표현하는 모습이 당당해 보였다. 지금 내 모습이 비록 초라해 보이고 부족해 보여도 변화할 수 있다는 희망과 포부를 가질 수 있었다. 글을 쓰기 이전에는 선망의 대상을 보며 동경하고 그처럼 되고 싶은 마음에 욕심을 냈었다면, 글을 쓰면서부터는 나를 가장 잘 아는 사람이 되고자 했다. 외부로부터의 칭찬이나 인정이 아니더라도 나 스스로 자신감을 불러일으키고 싶었다. 글을 쓰다 보니 나를 관찰하게 되었고, 있는 그대로의 나와 마주하게 되었다. 나에 대해 자세히 알면 알수록, 그 사실을 부정하지 않고 바라보면서 무엇을 개선해야 하는지 알아갔다. 나 자신을 위해 글을 쓰는 것을 넘어 내 글로 또 다른 생각을 하게 될 독자들을 떠올리니, 단점이나 부족한 점이 더 이상 나를 위축되게 하지 않았다.

글을 씀으로 나의 일상에 충실하게 되었다. 엄마이자 아내로서 역할을 하면서도 충분히 내 시간을 가질 수 있다는 자신감이 생겼다. 그것은 바로 꾸준함의 힘이었다. 조급한 마음을 갖지 않게 되니 지금 나의 모습과 상황을 지켜보고 관찰하며 객관화할 수 있었다. 글쓰기는 그런 도구가 되었다. 자연스럽게 글을 쓰고 책쓰기를 하게 되었다. 내 마음을 터놓기 위한 수단에서 관찰과 객관화의 도구로 다가왔다. 나의 변화가 생생히 담긴 글을 통해 누군가에게 귀감이 되고 변화를 위한 작은 씨앗을 심는 기회가 되길 바란다. 나의 글쓰기는 변화를 위한 나비의 작은 날갯짓이다.

연주가는 음악을 통해 세상과 만나고 사람들과 소통하듯 나는 글쓰기를 통해 세상과 소통하려 한다. 사람과의 관계에서 머뭇거리던 나에게 글쓰기는 나를 알아가는 과정이자 자신감을 가지고 살아가게 하는 도구이다.

내 앞에 놓인 수많은 허들이 장애물로만 여겨질 때 글쓰기로 진지하게 나에 대해 고민하기 시작했다. 글을 쓰는 순간만큼은 진정성 있는 나를 발견하고자 했다. 글쓰기가 나의 업이자 소명이라 생각하니 놓을 수 없었다. 글쓰기가 매일의 일부분이 되니 하루를, 일주일을, 한 달을 버티며 넘어갈 수 있었다.

혼자인 것을 좋아하지만 함께이고 싶은 나는 나를 드러내고 표현할 수 있는 도구가 필요했다. 아이 엄마들과 만나 아이들에 관한 이야기를 하더라도 나 스스로 부족함이 없는 사람이길 바랐다. 하지만 친구를 만들기 위해 아이를 앞세운 것 같아 좌절감이 들곤 했다. 아이가 아니고는 다시 만날 수 없다고 생각했기 때문이다. 누구 엄마가 아닌, 이름을 가진 나와 너로 만나고 싶었다. 아이들 엄마들과 만나게 되면 누구 엄마로 불리거나 불러야 했다. 내 이름은 무엇인데 누구 엄마의 이름은 뭐냐고 묻는 것이 어색했다. 결국 혼자였고, 혼자여도 괜찮다고 생각했지만, 마음속엔 공허함으로 가득 찼다.

글쓰기는 내 이름을 불러주었다. 내가 어떤 사람인지 알고 싶어 했다. 온전히 내 느낌과 생각을 궁금해했다. 나는 이에 성실히 답을 했다. 나는 무엇을 좋아하고 어떨 때 힘이 드는지 나의 모든 걸 이야기했다. 글쓰기는 나에게 어깨를 빌려주었다. 힘이 들 땐 기대라고. 글쓰기에 기대었던 나는 조금씩 힘을 얻어 앞으로 걸어 나갔다. 육아와 살림은 아무리 노력한다 해도 남편에게 인정받을 수 없다고 생각했지만, 글쓰기는 어렵고 힘들 때 그래도 해보라고 용기를 주었다. 스스로 움직이는 힘을 주었다. 지금의 나를 넘어서고자 하는 간절함은 어떤 상황에서든 글쓰기를 놓지 않게 했다.

지금 내가 마주하는 것은 하얀 화면이다. 시간이 지나 하얀 화면 속에 까만 글씨로 가득 찬다. 나의 글과 마주한다. 마치 거울에 비친 나를 보는 느낌이다. 이 글씨가 내가 되어 세상 밖으로 날아간다. 글로 세상과 마주하기 위해 옷매무새를 만지며 마음을 가다듬는다. 이제 나의 글이 내가 되어 사람들과 만나려 한다. 나는 공손히 사람들에게 인사를 건넨다.

"안녕하세요. 반갑습니다."

이혼, 다시 쓰다

초판인쇄	2025년 1월 13일
초판발행	2025년 1월 17일
지은이	이경진
발행인	조현수
펴낸곳	도서출판 프로방스
기획	조영재
마케팅	최문섭
편집	이승득
디자인	호기심고양이
본사	경기도 파주시 광인사길 68. 201-4호
물류센터	경기도 파주시 산남동 693-1
전화	031-942-5364, 5366
팩스	031-942-5368
이메일	provence70@naver.com
등록번호	제2016-000126호
등록	2016년 06월 23일

정가 17,800원
ISBN 979-11-6480-378-1 03810